LE TRÉSOR DU «SCORPION»

Daniel Sernine

Deuxième tirage

Éditions Paulines

DU MÊME AUTEUR:

Les contes de l'Ombre
Légendes du vieux manoir
Le Vieil Homme et l'espace
Les Méandres du Temps
Quand vient la nuit
Aurores boréales 2

Pour la jeunesse:

Ludovic
Le Cercle violet
Jardins sous la pluie

Dans « Jeunesse-pop »:

Organisation Argus
Argus intervient
Argus: mission mille
L'Épée Arhapal
La Cité inconnue
Les Envoûtements

Composition et mise en page: *Les Éditions Paulines*

Couverture: *Jean-Pierre Normand*

Carte et plan: *Daniel Sernine*

ISBN 2-89039-827-7

Dépôt légal — 4e trimestre 1980
Bibliothèque nationale du Québec
Bibliothèque nationale du Canada

© 1980 Les Éditions Paulines
      3965, boul. Henri-Bourassa Est
      Montréal, QC, H1H 1L1

Préface

Ceci n'est pas un roman historique, bien que l'action se passe aux premiers temps de la Nouvelle-France. Les villages que j'y mentionne, Neubourg, Granverger, les rivières Paskédiac, Michikouagook et Kénistchouane n'ont jamais existé, pas plus que les bourgades amérindiennes d'Aïténastad, d'Assiribiak et de Stadaïaké. J'ai inventé tous ces sites afin d'être plus à l'aise par rapport à la géographie réelle du Québec, et je propose à ceux d'entre vous qui sont forts en géographie de s'amuser à situer ces villages et ces cours d'eau fictifs d'après les indices que donne le récit.

Je n'ai pas tenté de restituer le langage de l'époque; quoique parfois pittoresque, la lecture en aurait été ardue. J'ai aussi utilisé, la plupart du temps, les unités de mesure contemporaines.

Je n'ai pas cru bon, non plus, de distinguer les diverses tribus indiennes habitant la région à cette époque. Elles étaient apparentées entre elles à des degrés divers, elles furent désignées sous des noms différents selon la période (Etchemins, Malécites, Pentagouets, Almouchiquois) et certaines migrèrent d'une région à l'autre (Maine, Nouveau-Brunswick, Beauce). Je les désigne donc sous le nom d'Abénaquis, même s'ils ne furent connus sous ce vocable et ne vinrent s'établir sur la rive sud du fleuve qu'un peu plus tard dans l'histoire de la Nouvelle-France.

1

La caverne

— Une caverne? s'exclama Benoît.

— Peut-être. En tout cas, c'est ce que nous allons découvrir.

Les deux garçons montaient le chemin menant au sommet du plateau qui dominait le village. Au pied de cette éminence, Neubourg s'étalait entre la falaise et la Paskédiac: huit ou neuf maisons et leurs dépendances entourées de potagers, de champs et de prés.

C'était une journée tiède de la mi-juin, une de ces journées où le ciel blanc laisse deviner à travers ses nuages la position du soleil. Luc, qui était le plus vieux des deux amis, connaissait bien les sentiers de la forêt. Il quitta le chemin qui menait au manoir seigneurial, prit une sente à droite et se dirigea sans hésiter vers l'endroit qu'il voulait montrer à son copain.

Luc était un jeune homme de quinze ans, blond comme ses ancêtres normands. Il n'avait pas connu la France, n'étant âgé que de quelques mois lorsque sa famille avait entrepris la grande traversée. Il avait grandi à Neubourg et, dès qu'il avait été en âge de travailler, il avait été contraint d'aider son père aux labours, au défrichement, à la construction des dépendances. Cela lui avait donné une constitution robuste, même s'il n'était ni très gros ni très grand pour son âge. Maintenant son père commençait à lui laisser un peu de loisir car il ne comptait plus agrandir sa terre ni sa maison. Dans quelques années Luc allait devoir commencer à défricher pour son propre compte et préparer une terre qui pût faire vivre une famille lorsqu'il se marierait. Mais cette perspective ne le réjouissait pas outre mesure. Un peu rêveur — il avait d'ailleurs de grands yeux clairs — il préférait se promener en forêt ou s'asseoir au bord de la falaise pour contempler le fleuve. Il aurait aimé apprendre des choses; mais bien sûr il n'y avait à Neubourg personne pour enseigner. Luc se promettait bien que, si jamais il avait des fils, ils iraient à l'école. Peut-être pas tous mais au moins le cadet, car sans doute se passerait-il encore quinze ou vingt ans avant qu'un religieux ou une religieuse ne vienne à Neubourg pour y faire l'école. Ce petit Bertin-là, il saurait lire et écrire, et Luc lui laisserait du temps libre pour aller rêver au bord de la rivière.

Luc et Benoît traversèrent le plateau vers l'ouest et atteignirent le repère que Luc avait noté ce matin: un arbre mort, fendu par la foudre. Les deux garçons s'engagèrent dans le sous-bois, à gauche du chemin. À travers les rares éclaircies du feuillage, Luc et Benoît auraient pu remarquer, s'ils avaient pensé à lever la tête, que le ciel s'était couvert.

Ils arrivèrent bientôt à une doline* au fond de laquelle se trouvaient quelques grosses roches. Ils y descendirent; la dépression n'avait guère que trois mètres de profondeur.

— Regarde là, fit Luc

Il montrait un espace vide entre deux roches qui le surplombaient partiellement. Il alla s'étendre à plat ventre, la tête au-dessus du trou, et descendit à bout de bras la lanterne qu'il avait apportée de la maison.

— Ça descend loin, lança-t-il à l'intention de Benoît, et sa voix réveilla des échos dans les profondeurs de la terre.

Luc se releva et organisa la descente. Une grosse branche se trouvait derrière les roches; tombée depuis peu, elle était encore verte. Luc prit la corde qu'avait apportée Benoît et en attacha un bout à la branche, la jugeant capable de supporter un bon poids. Placée derrière les roches, elle ne risquait pas de passer par-dessus elles puisque la traction s'exercerait vers le bas.

Ensuite Luc enfila sa ceinture dans l'anse de la lanterne de façon à ce que celle-ci pende le long de sa cuisse. Puis il se glissa, les pieds les premiers, dans ce trou qui était l'embouchure d'un aven*. Ses parois accidentées offraient de bonnes prises à la descente, mais Luc et Benoît ne s'y seraient jamais risqués sans la corde.

---

* *Doline*: Dépression dans le sol, de forme ovale ou circulaire.

* *Aven* (prononcer avène): Puits ou cheminée naturelle creusée dans le roc par les eaux d'infiltration.

Benoît était un bonhomme de treize ans, plutôt petit — peu de gens étaient grands à cette époque. Ses cheveux et ses yeux étaient sombres, il avait le visage espiègle d'un diablotin. Il avait quatre ou cinq ans lorsque sa famille était arrivée en Amérique: c'était un bien grand terrain de jeux qu'on lui avait offert là. Et il ne se privait pas d'en profiter, partant à l'aventure dès qu'on lui accordait un moment de liberté et parfois sans qu'on le lui ait accordé. Il semblait prendre plaisir à tout ce qui offrait un risque de se casser la figure: grimper aux arbres, escalader la falaise, traverser la Michikouagook sans savoir très bien nager. Il aimait jouer à la guerre; souvent on le retrouvait aux environs du petit fort de Neubourg, observant les exercices de la garnison. Il espérait bien devenir militaire lorsqu'il serait plus vieux, plutôt que de se fatiguer à longueur de journée à labourer une terre rebelle. Son vœu secret était d'être un jour envoyé en garnison dans une contrée lointaine, ou de faire partie d'une expédition qui irait explorer et conquérir les terres encore inconnues du continent. En attendant il se contentait d'aventures plus modestes comme la visite de ce mystérieux puits naturel.

Benoît se mit à plat ventre et se laissa descendre en tâtonnant, les pieds devant. Quand seule sa tête émergea du trou, il fit une pause pour jeter un dernier regard à l'extérieur. Il remarqua que le temps était décidément à la pluie et crut même sentir tomber une goutte sur ses cheveux.

La paroi rocheuse était humide. Benoît crispait ses mains sur la corde de peur de glisser, car il aurait pu se blesser gravement sur les saillies du roc ou heurter la tête de Luc avec ses chaussures.

Tout absorbés qu'ils étaient par la descente, les deux amis parlaient peu. Aussi Benoît pouvait-il entendre distinctement la rumeur de l'averse dans la forêt. Elle s'était amplifiée rapidement; le garçon jugeait qu'elle devait tomber maintenant avec beaucoup d'intensité.

En entendant cela, Luc devint soucieux mais il ne dit rien pour l'instant. Bientôt il sentit lui-même quelques gouttelettes sur ses mains. Cette pluie allait sérieusement compliquer la remontée, voire la rendre impossible: mouillée, la paroi rocheuse serait plus glissante. Même la descente était devenue dangereuse. À tout moment les garçons redoutaient de perdre pied et de se rompre les os sur les aspérités du roc.

Luc atteignit un endroit où l'aven devenait oblique.

— Ça semble aller encore assez loin, annonça-t-il en scrutant le fond.

— Dis, tu avances un peu, que je me mette à l'abri? l'enjoignit Benoît.

Il recevait maintenant une véritable petite douche. Sa tête était mouillée comme s'il avait plongé dans la rivière et, à cause de la fraîcheur du souterrain, il frissonnait sous sa chemise trempée.

Là où l'aven obliquait, l'eau cessait de dégoutter sur les épaules des jeunes explorateurs. Ils la voyaient cascader vers le bas, en un filet dont le débit semblait augmenter lentement.

— On continue? demanda Benoît.

Luc n'y tenait pas mais il s'y résigna car la descente s'annonçait moins difficile. En effet il ne s'agissait plus d'un puits vertical: on pouvait progresser comme lorsqu'on descend une échelle en lui tournant le dos.

D'en haut leur venait maintenant le bruit d'une vraie cataracte. Le courant qui leur coulait dans le dos, qui glaçait leurs mains et faisait déraper leurs semelles, augmentait sans cesse. Avec angoisse Luc voyait approcher le moment où ils seraient emportés par un torrent, assommés sur les rochers, noyés au fond du puits où l'eau s'accumulait peut-être.

Tout à l'heure Luc aurait dû se méfier du fait que, sous les roches, l'aven s'ouvrait au fond d'un creux et que ce creux avait grossièrement la forme d'un entonnoir. L'eau qui se déversait maintenant dans l'aven n'était pas seulement la pluie tombant sur les roches, c'était aussi toute celle qui arrosait une circonférence de quelques dizaines de mètres.

La topographie changea peu après la bifurcation: tout en devenant nettement moins abrupt, l'aven se rétrécissait au point que le passage semblait devenir impossible.

— On ne peut aller plus loin, annonça-t-il.

Benoît se glissa aux côtés de son aîné, ce qui n'était guère facile, vu l'exiguïté des lieux. À la lumière de la lanterne il constata que les parois se rapprochaient, jusqu'à ne ménager qu'une faille dans le roc.

— On pourrait quand même passer, en se glissant de côté.

— Tu n'es pas fou, non? s'irrita Luc. On risque de rester pris.

— C'est assez large, je te dis. Il faut essayer, de toute façon nous n'avons pas le choix: nous ne pourrons pas remonter par où nous sommes venus, avec toute cette eau.

Ils avaient atteint le bout de la corde. Sans attendre, Benoît la lâcha et s'engagea dans la faille, continuant de progresser de côté. Heureusement, la pente était maintenant moins accentuée.

— Tu y arrives? demanda-t-il à Luc, qui le suivait de près.

Luc y parvenait, mais de justesse. Il était moins petit et moins mince que son ami. Le roc lui raclait la poitrine et le dos, il sentait sur sa joue la muraille rugueuse et froide. Il avait l'impression que le débit de l'eau qui lui glaçait les pieds avait encore augmenté.

À un moment, Luc crut bien qu'il ne passerait pas: la paroi à laquelle il faisait face s'enflait d'une bosse à hauteur de sa taille. Il avança un bras, une jambe, déplaça son corps, mais se trouva empêché d'aller plus loin.

— Je suis pris! s'exclama-t-il.

Coincé entre deux murailles de roc qui l'auraient réduit en bouillie si la terre avait tremblé, Luc eut un instant d'affolement. Allait-il mourir là, de faim, ou pire, de noyade? Durant un instant il imagina son squelette dénudé, encore debout dans ce piège minéral des années après sa mort.

— Un petit effort! lança Benoît. Après, le passage s'élargit.

Luc rentra son ventre, retint sa respiration, poussa... et se faufila. Plus facilement qu'il ne l'aurait cru. Soulagé, il eut un rire nerveux.

Tout de suite après ce passage difficile, l'aven s'élargissait un peu, comme Benoît l'avait annoncé. Il sentit que l'espace devant lui était vaste car il respirait plus facilement.

Luc, s'étant dégagé un peu, parvint à décrocher la lanterne de sa ceinture et la lui passa.

— C'est une caverne ! s'exclama Benoît lorsqu'il eut brandi le luminaire aussi loin qu'il le pouvait devant lui.

En effet ils étaient au seuil d'une salle souterraine assez vaste qui, aussi loin qu'ils pouvaient voir, semblait divisée en deux paliers. Le plus haut, à leur droite et presque de plain-pied avec la galerie d'où ils émergeaient, était une terrasse naturelle relativement plane. Le second, à leur gauche, était une couple de mètres plus bas. L'escarpement qui séparait ces deux niveaux se trouvait dans le prolongement de la galerie venant de l'aven. De sorte que les jeunes explorateurs avaient le choix entre prendre pied sur la terrasse naturelle ou descendre sur ce qui semblait être le plancher même de la caverne.

Ils descendirent au fond de la caverne, dont le sol était chaotique.

— Regarde ! lança Benoît.

La voûte remontait graduellement jusqu'à une très grande hauteur. Là-haut, à une certaine distance, brillait la lumière du jour. Ce n'était que la grisaille d'un ciel nuageux, mais pour les deux explorateurs, après tout ce temps passé dans les ténèbres, cette lueur était brillante.

Mais la découverte de cette issue ne soulageait pas toutes leurs inquiétudes. Car la lumière, en plus de laisser deviner les dimensions imposantes de la caverne, révélait que tout le fond était recouvert par une vaste mare, à la surface de laquelle ondoyaient les reflets du jour. Et c'est ce que Luc avait remarqué en premier, avant même que Benoît n'aperçoive le lointain orifice. L'eau venait clapoter aux pieds mêmes des deux garçons.

— Peut-être qu'il n'y en a pas profond, fit le plus jeune.

Muni de la lanterne il s'aventura dans la mare, très prudemment, sondant le fond à chaque pas. L'avance était difficile car le sol était inégal, encombré de roches et crevassé. De sorte qu'il fallut plusieurs minutes à Benoît pour progresser de quelques mètres sans perdre l'équilibre. Cette distance fut suffisante, toutefois, pour lui montrer que le sol était en pente, puisqu'il eut bientôt de l'eau jusqu'à mi-cuisses.

Il tenta encore un pas mais ne rencontra plus le sol sous son pied. Aussi loin qu'il pouvait tâtonner, le fond était hors d'atteinte. C'était une mare bien profonde qu'ils avaient rencontrée là.

— Benoît! appela Luc. Regarde: tout à l'heure j'étais à pied sec. Maintenant j'ai de l'eau jusqu'aux chevilles.

C'était vrai: l'eau montait.

— Il faut essayer de passer avant qu'elle ne

monte trop! fit Benoît. À la nage on y arriverait vite.

— Je ne veux pas nager là-dedans sans con-
naître la profondeur!

— Si on ne passe pas tout de suite, l'eau mon-
tera peut-être jusqu'à la voûte! Nous ne savons
pas quand la pluie s'arrêtera!

— Ce n'est pas l'eau de pluie, Benoît, c'est la
marée.

Le jeune entreprit de rejoindre Luc.

— La marée? répéta-t-il, inquiet. Jusqu'où
va-t-elle monter?

À nouveau gagné par l'angoisse, Luc haussa
les épaules.

— Ça dépend depuis quand elle monte. Il
nous faudra reculer.

Ce disant, Luc pensait avec appréhension au
passage étroit où il avait failli rester pris. Ils
décidèrent de ne pas tenter une sortie immédiatement: il était plus prudent de patienter
jusqu'au reflux que de s'aventurer à la noirceur
dans une eau traîtresse.

L'attente commença, longue, anxieuse.

* * *

L'angoisse avait gagné peu à peu Luc et
Benoît. Ils étaient à quinze ou vingt mètres sous
terre, ils prenaient conscience des milliers de
tonnes de roc qui pesaient au-dessus de leur
tête. Et de cette eau qui montait sans cesse,
insidieusement.

Même si l'eau ne pouvait les submerger, ne

risquaient-ils pas de mourir de faim dans ce souterrain? Nul ne savait où ils se trouvaient, personne ne viendrait les tirer de ce mauvais pas. Ils se savaient incapables de remonter par l'aven tant que la corde serait trempée et que la paroi rocheuse ruissellerait d'eau. Or qui pouvait dire si la pluie ne durerait pas des jours entiers, comme elle le faisait depuis le début du mois? Quant à l'ouverture par où pénétrait la lumière du jour, il était loin d'être assuré qu'on pouvait l'atteindre. Peut-être était-elle percée dans la voûte même; Luc et Benoît n'avaient rien pu distinguer de l'autre versant de la caverne.

Les inquiétudes qui avaient assailli Luc durant la descente gagnaient maintenant Benoît. Comment s'étaient-ils fourvoyés dans ce pétrin? Benoît revoyait clairement tous les gestes imprudents qu'ils avaient posés sans penser un seul instant à leurs conséquences possibles. Il frissonnait en songeant combien, peut-être, il était passé près de se tuer sans en avoir conscience. Il se disait que désormais il ne lui serait pas possible de faire l'escalade en sachant combien c'était dangereux. Chercher les prises à même le roc glissant, manquer à tout moment de s'ouvrir le crâne sur les aspérités, perdre pied et chuter, rebondir et se rompre les os sur les saillies rocheuses, s'écraser disloqué au fond du puits...

Les deux amis n'osaient se résoudre à tenter leur chance. Dans le silence, seul était audible le ruissellement cristallin de l'eau qui cascadait jusqu'à la mare.

Alertés par un clignotement du côté de la lanterne, Luc et Benoît tournèrent vivement leurs regards vers elle. La poitrine oppressée, ils virent la flamme vaciller une dernière fois au ras de la bobèche, puis s'éteindre tout à fait.

2

Au crépuscule

Bien que la bougie fût consumée, l'obscurité n'était pas totale dans la caverne, grâce à l'ouverture près de la voûte. Luc et Benoît avaient vu l'eau monter jusqu'à un mètre d'eux environ.

Luc n'était pas particulièrement brave. Ou plutôt il était moins inconscient que son jeune ami, il voyait clairement les dangers. Ceux-ci s'imposaient à lui, impitoyablement, ne laissant aucun répit à sa pensée. Il n'avait pas honte d'éprouver de la peur. C'était un sentiment tout naturel et Luc ne s'était jamais vanté d'être très courageux. Il avait été entraîné dans cette caverne par sa curiosité, sa curiosité insatiable pour les choses de la terre. Et il ne regrettait pas d'avoir découvert cette salle souterraine malgré toutes les angoisses que cela lui avait données. Il aurait simplement préféré la voir dans des circonstances plus favorables.

Dans l'obscurité, la mare n'était visible que par quelques reflets pâles à sa surface. Mais ces reflets parurent devenir plus lumineux à mesure que passaient les heures. Les jeunes explorateurs supposèrent que le ciel s'était dégagé peu à peu et que des rayons du soleil entraient maintenant par l'ouverture là-bas. D'ailleurs, à la longue, le début de la petite cascade diminua et ils en conclurent que là-haut la pluie avait cessé. Quand même il en coulait toujours un peu et l'escalade de l'aven aurait sûrement encore été très difficile. Et presque impossible sans lumière.

Non, il fallait espérer que l'ouverture au sommet de la grande caverne serait suffisante pour permettre aux deux garçons de sortir. Mais si elle était trop étroite? Luc retournait constamment cette angoissante question dans sa tête: si l'ouverture était trop étroite?

* * *

Plus d'une heure après leur arrivée dans la caverne, l'eau avait commencé à se retirer. Dévorés par la faim, les jeunes explorateurs n'avaient bien sûr aucun moyen de compter le temps qui passait et il leur sembla qu'il s'était écoulé quelques heures avant que ne commence le reflux.

Ensuite, graduellement, beaucoup trop lentement à leur goût, il leur fut possible de s'aventurer sur la pente douce que découvrait le jusant*. Mais comme il était inutile d'attendre debout de pouvoir avancer d'un centimètre par minute, ils restaient assis sur des

_____

* *Jusant* (ou reflux): Marée descendante.

roches et se levaient de temps à autre pour aller constater le recul de l'eau.

À nouveau ils pouvaient s'avancer jusqu'à voir l'ouverture, par où entrait maintenant un rayon de soleil. Le petit bout de ciel qu'ils apercevaient était bleu. Il n'était donc pas aussi tard que les deux amis le pensaient.

À mesure que la marée baissait, ils constatèrent que la pente douce était entrecoupée de paliers hauts de moins d'un mètre chacun. Le vide que Benoît avait senti sous son pied la première fois qu'il s'était aventuré dans la mare n'était donc pas aussi profond qu'il l'avait cru.

Les heures continuèrent de s'étirer, interminables. Luc et Benoît craignaient que l'eau ne cesse de descendre avant qu'il ne leur soit possible de traverser la mare. Chaque mouvement de la marée dure environ six heures, mais il leur semblait qu'ils attendaient depuis le double.

Ils avaient eu tout le temps d'examiner l'autre versant de la caverne qui formait une sorte de cuvette. De leur côté la pente était douce, brisée par deux paliers; de l'autre elle était escarpée mais assez facile à grimper. Pour atteindre le pied de ce versant il ne restait plus qu'à franchir un fossé large de deux mètres. Benoît en sonda le fond, très prudemment, tandis que Luc le retenait par le col de sa chemise, par précaution. Mais Benoît trouva vite le fond et put traverser avec de l'eau jusqu'à la taille seulement. Luc passa à son tour.

Trop heureux d'échapper enfin au péril de l'eau — un péril qui avait été surtout illusoire — les jeunes explorateurs gravirent en hâte le versant extérieur de la caverne.

Ils atteignirent bientôt un palier qui se trouvait sous l'ouverture. Ici la caverne se rétrécissait considérablement, formant une petite grotte qui était en quelque sorte le vestibule de la grande salle souterraine.

L'ouverture de la grotte était large comme une fenêtre, à peu près. Éblouis par la lumière du jour, les jeunes explorateurs prirent pied sur une corniche, parmi les roches et la broussaille. Au-dessus d'eux se dressait la falaise abrupte. À leur gauche s'étendait l'anse au Breton, à leur droite le fleuve, qui leur paraissait plus large que jamais après leur séjour à l'étroit.

La grotte s'ouvrait juste en face du goulet reliant la petite baie au fleuve. À cet endroit il n'y avait pas de grève. La falaise, partiellement éboulée à hauteur de la grotte, plongeait directement dans l'eau. Là où même les « grand-mers » ne montaient pas, de la terre et de la pierraille s'étaient accumulées entre les roches de l'éboulis, donnant prise aux herbes.

Le soleil était bas: dans moins d'une heure il allait se coucher. Pour Luc et Benoît, l'expectative avait été si longue qu'ils s'étaient attendus à sortir en pleine nuit.

Les deux garçons descendirent, parmi les grosses roches, jusqu'à l'endroit où commençait une grève de gravier. Rendus là ils se retournèrent pour tenter de voir l'entrée de la grotte, mais elle était masquée par des roches et des broussailles, donc invisible à quiconque se trouvait sur le rivage. Pas étonnant que les deux garçons n'eussent jamais entendu dire que quelqu'un avait découvert cette grotte. Non loin de là passait un sentier menant au sommet de la falaise, mais il était si escarpé qu'on l'empruntait rarement.

Les deux amis prirent un chemin plus long mais plus facile: suivant le rivage jusqu'au fond de la petite baie, ils rejoindraient un sentier qui montait en pente douce vers le sommet du plateau et gagneraient le village en passant devant le manoir du seigneur. Dévorés par la faim ils se hâtèrent, sachant que leurs parents devaient s'inquiéter de leur absence.

La contrée était paisible, à l'heure où le soleil approchait de l'horizon. Près du sommet de la pente, par une éclaircie entre les arbres, Luc et Benoît purent un instant contempler le fleuve par-delà la pointe qui fermait partiellement l'Anse-au-Breton. À marée basse la grève s'étendait loin, semée de roches. De l'autre côté s'étendait l'Île-d'Orléans, dont la forêt était à cette époque presque intacte. Seule sa pointe occidentale était en partie défrichée et on ne la voyait pas de Neubourg.

Luc et Benoît se remirent en route, sur le sentier qui menait au manoir seigneurial. Au vrai, ce n'était qu'une grande maison, mais toute de pierre et bien tenue. Seul y habitait Sevestre, l'intendant du seigneur, car depuis trois ans le sieur Davard résidait presque en permanence sur son fief de Granverger.

Avant d'arriver au manoir, le sentier se rapprochait du bord de la falaise et on pouvait voir entre les arbres tout le panorama du sud à l'est. Les Appalaches commençaient à s'estomper dans le lointain. Toute la contrée jusque là-bas se fondait dans la grisaille du crépuscule. Plus près on discernait encore la Paskédiac. Des marécages qui s'étendaient après son premier méandre, une brume ténue se levait, descendait et se répandait sur la plaine de chaque côté.

Au pied de la falaise se trouvait le village indien d'Aïténastad. Ou plutôt ce qui en restait, car seules quelques familles y habitaient encore et la forêt commençait à reprendre du terrain sur la clairière défrichée. Lorsque, quatorze ans plus tôt, les Français s'étaient établis à deux kilomètres de là pour fonder Neubourg, Aïténastad était déjà en voie de se dépeupler. Là vivait une bande apparentée aux Abénaquis d'Assiribiak, aux sources de la Paskédiac.

Lorsque Luc et Benoît, marchant sur le chemin au bord de la falaise, passèrent au-dessus du village, ils virent un feu allumé devant une des huttes. Les indigènes étaient rassemblés autour, au nombre d'une trentaine. Mais ils étaient trop loin pour que les deux garçons entendent le son de leurs chants.

Luc et Benoît, pas plus que les autres jeunes de Neubourg, ne connaissaient bien les gens d'Aïténastad, sauf un garçon de seize ans nommé Natsic qui était leur ami. Leurs parents préféraient qu'ils ne les fréquentent point, ayant fraîches à la mémoire les atrocités racontées au sujet de la guerre des Iroquois, à Trois-Rivières et à Ville-Marie. Bien sûr les Abénaquis n'avaient rien à voir avec les Iroquois, ils

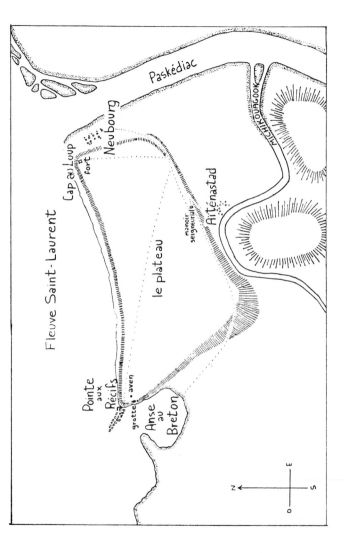

Fleuve Saint-Laurent

Paskédiac

MATCHIKOUAGOOK

Cap au Loup

Neubourg

fort

Aïténastad

manoir seigneurial

le plateau

Pointe aux Récifs

grotte · aven

Anse au Breton

N ← O S E

allaient même devenir les alliés des Français contre les Anglais. Les gens d'Aïténastad étaient fort paisibles, ils venaient parfois troquer avec ceux de Neubourg, mais autrement les deux communautés se fréquentaient peu. La contrée était assez vaste pour subvenir aux besoins de tous.

Parfois le prêtre qui se rendait à Neubourg une fois la semaine tentait d'évangéliser les gens d'Aïténastad, mais il se heurtait à une résistance tranquille des Indiens, fidèles à leurs divinités et à leurs ancêtres. Le baron Davard avait lui aussi tenté d'influencer les Abénaquis, ceux d'Assiribiak. Il avait perverti leur culte. Il avait conféré à leurs rites une cruauté qui n'était pas coutumière aux indigènes du nord de l'Amérique.

Le soleil se couchait lorsque Luc et Benoît passèrent devant le manoir, à l'heure où l'ombre se répand sous bois, remplissant la forêt de mystère. En levant la tête on voyait, entre les feuillages, des pans de ciel d'un bleu profond, peut-être la plus belle couleur qui se puisse contempler.

Il y avait de la lumière au manoir, derrière une couple de fenêtres. Les deux garçons virent même passer la silhouette de Sevestre. Instinctivement ils s'étaient tus en passant devant la maison. Si on leur avait demandé pourquoi, ils auraient été bien en peine de répondre. Sevestre n'était pas considéré tout à fait comme un habitant du village, bien qu'on le vît tous les jours lorsqu'il venait cultiver les champs du seigneur, voisins de ceux des autres paysans. C'était un homme simple, toujours poli, mais taciturne. Lorsqu'ils le rencontraient, les enfants le regardaient un peu comme un étranger, parfois sans oser lui parler. Il était assez instruit mais on racontait qu'il avait eu en France des démêlés avec la justice.

Sevestre gérait le domaine pour son seigneur, collectant les redevances, se rendant à Québec lorsque arrivaient les vaisseaux de France, pour voir aux affaires de son maître et recruter de nouveaux colons. Lorsque à l'automne le sieur Davard descendait à Neubourg, il trouvait son domaine en bonne voie de développement. Il parlait à chacun de ses censitaires comme s'il avait été auprès d'eux toute l'année pour entendre leurs problèmes, car Sevestre l'informait de tout.

Si Luc et Benoît se turent et pressèrent le pas lorsqu'ils passèrent devant le manoir, c'était surtout à cause de l'ombre du seigneur qui planait là, bien que Davard lui-même vécût à vingt lieues de Neubourg. Même absent, le baron Davard ne pouvait être oublié, étant présent par sa réputation.

Depuis toujours il était considéré comme un solitaire: dès 1610 il avait quitté Champlain et ses gens pour aller s'établir seul à l'anse au Breton, ainsi nommée en son honneur. Dans les années suivantes il avait exploré toute la région jusqu'aux sources de la Paskédiac dans les Appalaches. Là il s'était lié aux Abénaquis, dont il partagea le mode de vie durant un quart de siècle. La rumeur voulait qu'il fréquentât particulièrement les sorciers.

Un automne il retourna en France, pour revenir l'année suivante riche de l'héritage et du titre de son oncle et parrain, le baron Dérèque. Il s'était fait concéder un fief où il avait fondé Neubourg puis, neuf ans plus tard, il avait obtenu un second fief en amont du premier, pour fonder Granverger aux sources de la Paskédiac.

C'était depuis cette époque — cela remontait à quatre ans — que les rumeurs étaient graduellement devenues inquiétantes. On disait que Davard participait aux rites des Abénaquis, interdisant à ses colons d'observer leurs célébrations nocturnes. On ignorait ce qu'était exactement ce culte inavouable. Mais si Davard voulait tant l'entourer de secret, peut-être était-il particulièrement cruel.

À l'été 1645, alors que la bourgade de Granverger ne réunissait encore que trois familles, deux enfants avaient mystérieusement disparu et on était forcé de supposer qu'ils s'étaient perdus en forêt. Mais lorsque deux autres enfants disparurent l'été suivant, les colons de Granverger soupçonnèrent les Abénaquis de les avoir enlevés, bien que personne ne pût fournir le moindre témoignage pour étayer ces soupçons à l'égard des alliés du baron.

Aussi lorsque Luc et Benoît passèrent devant la maison du seigneur, ils ne purent s'empêcher de songer à ce qui se murmurait à son sujet.

* * *

Il était déjà arrivé que Luc espionne le baron Davard dans ce même manoir. Le garçon se remémora la scène: c'était à l'automne, justement au crépuscule, et Luc était en compagnie de Natsic. Certain soir le vieux chef indien d'Aïténastad avait été invité chez le sieur Davard. Bien que maigre et âgé, Sigmé Kwitadé était encore vigoureux et il avait emprunté le sentier escarpé qui gravissait la falaise et menait directement au manoir. Le chef était accompagné de son fils aîné, Ononto, un homme dans la quarantaine avancée, fier et ombrageux. Par curiosité, Natsic avait décidé de le suivre en cachette; Luc, qui était avec lui à ce moment, l'avait accompagné. Ils avaient dû les suivre de loin car il ne faisait pas encore noir.

Le baron avait reçu ses invités dans une pièce du rez-de-chaussée, un petit salon qui lui servait aussi de chambre à coucher. Aucun feu ne brûlait dans la cheminée, cette journée de septembre ayant été douce. Seules les deux bougies d'un chandelier étaient allumées car la pénombre s'épaississait déjà dans le salon.

Une des fenêtres était ouverte. Luc et Natsic s'en étaient approchés, à la faveur de l'obscurité qui se répandait dans la forêt. Ils s'étaient échangé des sourires complices, tout excités à l'idée de jouer les espions. Adossés à un gros arbre, à trois mètres de la fenêtre, ils pouvaient entendre tout ce qui se disait dans le salon du manoir. La conversation était déjà entamée.

Depuis quarante ans qu'il vivait dans la région et fréquentait les Abénaquis, Davard maîtrisait parfaitement leur langue. Luc, par contre, était incapable de suivre leur entretien, ne saisissant que quelques mots ici et là. C'est Natsic qui allait plus tard lui rapporter la conversation.

— Notre culte est sans violence, disait le vieux Kwitadé de sa voix lente, un peu traînante. Nos dieux ne réclament pas de sang et nos ancêtres non plus.

— Et pourtant, répliquait Davard, de tout temps vos frères d'Assiribiak ont immolé des animaux lors de cérémonies rituelles.

— Pas de tout temps, Regard du Diable, pas de tout temps. Ils versent le sang seulement depuis qu'ils se sont établis dans cette contrée, près d'Aïtétivché. Ils subissent l'influence du mauvais esprit qui hante ces lieux.

— Manitaba est partout, pas seulement à Aïtétivché, répondit le baron. Partout il réclame du sang.

— Il n'en aura point de nous, rétorqua le vieux chef, cela l'attirerait ici et nous ne voudrions pas vivre dans la crainte de lui comme nos frères d'Assiribiak.

— C'est un maître redoutable mais un puissant allié.

— Un allié à qui il faudrait sacrifier des enfants? rétorqua Kwitadé. Nous n'en voulons pas. Toi, sorcier noir, tu as perverti mes frères les shamans d'Assiribiak. Tu leur a imposé le sacrifice du sang humain, ce qui n'avait jamais été dans nos mœurs.

Dans le feu de la discussion, la voix de Sigmé Kwitadé s'était faite plus aigre. Son fils intervint:

— Mon père, ne parle pas sur ce ton à Regard du Diable. Il a toujours été l'ami de notre tribu.

— L'ami, oui, mais tu voudrais être son serviteur.

Une grande tension régnait dans le salon du manoir. La conversation avait débuté sur un ton amical mais l'hostilité commençait à naître entre les trois hommes. Ononto, le fils du chef, contestait souvent les opinions de son père. Il y était poussé par l'amertume car depuis longtemps il souhaitait devenir chef d'Aïténastad et il trouvait que le vieux tardait à lui céder la place.

Roué, le baron Davard exploitait cet antagonisme, jouant l'un contre l'autre.

Dehors, derrière l'arbre, Natsic devenait soucieux et même Luc devinait, par le ton des voix, que la discussion tournait à l'affrontement. De temps à autre les garçons risquaient un regard furtif vers la fenêtre. D'où ils étaient, ils ne pouvaient apercevoir que Davard. Il s'était levé et les chandelles placées sur la table devant lui l'éclairaient un peu par en dessous, accentuant le relief de son visage. C'était un homme de taille médiocre mais de carrure robuste, très vigoureux malgré qu'il fût dans la soixantaine. Son visage était carré, ses traits durs, son menton volontaire, ses lèvres minces, ses sourcils épais. Ses cheveux étaient gris, sans poudre, et sa peau était basanée, creusée de sillons. C'était le visage d'un homme dur et implacable, très intelligent. Ce qui frappait surtout, c'était ses yeux, presque noirs, où l'on distinguait à peine la pupille de l'iris, des yeux dont les regards étaient si intenses, si ardents, qu'on ne pouvait les affronter sans se détourner spontanément. Ils lui avaient valu auprès des indigènes le surnom de « Regard du Diable ».

— Les temps sont proches, déclara Davard sur un ton sévère, où il vaudra mieux être du côté de Manitaba. Mes alliés se réjouiront d'avoir pris mon parti.

— Tu pourras toujours compter sur notre loyauté, fit Ononto.

— Mais pas sur notre servilité, rétorqua fermement Sigmé Kwitadé. Nous ne verserons pas de sang pour ton dieu mauvais.

Davard eut un geste brusque, un geste de colère. Avec un crépitement étouffé, les flammes des deux bougies fusèrent soudain et cet embrasement dégagea une vive lumière blanche. Le salon fut brièvement illuminé, comme par un éclair. Luc eut un sursaut de frayeur en voyant cela.

Mais le vieux Kwitadé fut moins impressionné.

— Inutile de déployer tes artifices, sorcier. Les soldats du fort ont une poudre semblable dans leurs mousquets.

Il se leva pour prendre congé.

— En refusant à Manitaba les hommages qui lui sont dus, tu risques de subir sa colère, prévint Davard d'une voix menaçante.

— Ton orgueil est devenu trop grand, Regard du Diable, répondit calmement le vieux, si tu crois que les divinités sont au service de tes rancunes.

Tournant son dos voûté au baron, il ouvrit la porte du salon.

— Les dieux non, rétorqua Davard, mais certains démons oui. Méfie-toi, vieux sot!

Mais le chef Kwitadé était déjà sorti. Ononto le suivit après avoir jeté un regard inquiet au sorcier.

Luc et Natsic risquèrent un coup d'œil de derrière leur arbre. Davard avait les poings appuyés sur la table et, un peu penché vers l'avant, il s'appuyait sur ses bras tendus. Son visage était un masque de colère: ses narines frémissaient, ses mâchoires étaient contractées comme pour broyer ses dents les unes contre les autres. Sous les sourcils froncés, les yeux sombres semblaient littéralement briller de fureur. Le courroux du sorcier était si terrible à voir que les deux garçons furent saisis d'une grande peur. S'ils avaient été découverts à cet instant, Davard les aurait tués, ils en étaient certains. Aussi s'éloignèrent-ils en hâte, le plus silencieusement possible, ce qui était difficile à cause des feuilles mortes jonchant le sol.

Ils entendirent le baron parler tout seul, d'une voix forte, vibrante de colère. Natsic crut comprendre qu'il appelait un démon de la nuit et il pressa le pas.

Le soleil était couché. Bien que le ciel fût encore clair à l'ouest, il faisait sombre dans la forêt. Aussi les deux garçons faillirent tomber sur le vieux chef et son fils, qui se disputaient sur le sentier menant au bord de la falaise.

Ils étaient plantés l'un en face de l'autre et c'était Ononto qui parlait le plus haut, à grand renfort de gestes.

— Nous lui devons loyauté, soutenait-il. Regard du Diable est comme un second père pour moi.

— Je n'aurais jamais dû te laisser le fréquenter autant, quand tu étais jeune. Tu lui es dévoué jusqu'à l'aveuglement.

— C'est toi qui es aveugle, vieil homme! cria Ononto.

Et il s'en alla à grandes enjambées, comme pour dissiper sa colère par la vigueur de sa marche.

Sigmé Kwitadé le regarda s'éloigner sans dire un mot, jusqu'à ce qu'il disparaisse dans la pente du sentier. Alors seulement le vieillard se mit en route, lentement, après avoir jeté un regard soucieux vers le manoir du seigneur, derrière lui.

Il atteignit le bord de la falaise, là où la piste, après un virage en épingle, amorçait sa descente abrupte vers le village indien, le long d'un escarpement presque vertical.

Avant de s'y engager, le vieil homme s'immobilisa sur un rocher plat tout au bord de la falaise, pour contempler le paysage. La forêt n'était plus qu'une vaste étendue de noirceur, jusqu'aux montagnes qui profilaient leurs sommets arrondis sur le bleu sombre de la nuit. Les seules lumières visibles sous le ciel étaient les feux d'Aïténastad. Les maisons de Neubourg étaient cachées par l'épaulement du plateau.

Luc et Natsic, immobiles à quelques pas du

sentier, observaient Kwitadé. Dans le silence, qui était total, ils entendaient la voix distante du sorcier Davard. Étouffée par les murs du manoir et les arbres de la forêt, elle parvenait à peine aux deux garçons. Sans doute Kwitadé, placé plus loin et un peu dur d'oreille, ne l'entendait-il point. S'il l'eût entendue, il aurait été aussi inquiet que Natsic, car le baron soliloquait en Abénaqui, et sa voix sinistre parlait de démons et de châtiment.

La lune se levait à l'instant au-dessus des montagnes, énorme, orangée, frémissante; on pouvait suivre son mouvement à vue d'œil. Fascinant spectacle, que les garçons ne pouvaient voir car plusieurs arbres les séparaient du bord de la falaise. Mais Kwitadé, lui, la contemplait; ce fut sa perte.

De la forêt surgit une forme ailée, qui filait entre les troncs sans que lui nuise l'obscurité. Lorsque la créature émergea du couvert des arbres, la lune alluma dans ses yeux d'or un regard dur et froid, fixé sur sa proie. Avec un bruit feutré comme celui d'une voile agitée par le vent, le grand duc s'abattit sur les épaules de Sigmé Kwitadé. C'était un oiseau formidable: l'envergure de ses ailes égalait celle des bras du vieillard lorsque celui-ci les écarta instinctivement pour retrouver l'équilibre. En vain: l'élan et le seul poids du gros hibou étaient tels que le frêle Kwitadé, pris au dépourvu, chancela vers le vide.

Ononto était à mi-hauteur de la falaise, sur le sentier escarpé, lorsqu'un hurlement le fit se retourner en sursaut et lever les yeux au ciel.

Il crut voir un grand oiseau à forme humaine qui tournoyait dans sa chute vers la terre, tandis qu'un autre, à peine moins grand, volait tranquillement et effectuait un demi-tour vers le manoir du seigneur.

3

Une ombre dans la nuit

Se rappelant ce tragique événement, qui remontait à moins d'un an, Luc ressentit de l'inquiétude en passant devant le manoir seigneurial. Comme s'il s'attendait à voir un grand duc surgir et fondre sur lui, il scrutait l'ombre qui devenait plus dense dans la forêt. Un ululement le fit tressaillir et il chercha parmi le feuillage des arbres les yeux phosphorescents d'un rapace nocturne. Hibou, ou démon au service du sorcier? Ne racontait-on pas que les sorciers avaient souvent leur « démon familier » qui prenait sur terre la forme d'un animal?

Ni Luc ni Natsic n'avaient raconté aux gens de Neubourg ce qu'ils avaient vu ce soir-là. Ils avaient réservé leur témoignage aux Indiens d'Aïténastad, pour éviter à Ononto d'être soupçonné du meurtre de son père. Du côté des Blancs, seul Benoît avait été mis dans le coup, après qu'il eût juré de n'en parler à personne. On imagine bien que Neubourg serait devenu invivable si des rumeurs de sorcellerie et de recours aux démons s'étaient mises à courir à propos du baron.

Leur silence avait aussi été dicté par la crainte. Ils redoutaient la vengeance du sorcier si leur indiscrétion devait lui apporter des embêtements. Le sorcier, croyaient-ils, aurait sûrement eu les moyens de découvrir qui l'avait espionné.

S'étant retourné en marchant, Luc crut apercevoir une silhouette humaine sur le chemin, loin derrière. Mais l'ombre était si dense qu'il n'en fut pas sûr. Peut-être sa nervosité lui jouait-elle un tour. Lorsqu'il regarda à nouveau, plus tard, il ne distingua rien, mais l'obscurité devenait telle que quelqu'un aurait pu être invisible à dix mètres.

La nuit était tombée lorsque Luc et Benoît arrivèrent au sommet de la pente descendant vers le village.

— Tu entends? fit soudain Luc en prenant le bras de son ami. Des voix...

On entendait effectivement des voix d'hommes, encore lointaines. Dans la forêt il était difficile de préciser d'où elles venaient. De la gauche, peut-être un peu vers l'arrière. En scrutant les ténèbres Luc distingua une lumière parmi les arbres.

— Qui cela peut-il être? chuchota-t-il.

— Tu es bien nerveux, commenta Benoît. Ce doit être quelqu'un de la garnison, tout simplement.

En effet quatre hommes apparurent, sur le chemin qui venait du petit fort érigé sur le Cap-au-Loup, au-dessus de Neubourg. Benoît reconnut son grand frère Jean, de même que le capitaine Latour et le lieutenant Vincelot. Un soldat ouvrait la marche, portant une lanterne.

— Où étiez-vous donc? s'exclama Jean Vignal en apercevant les garçons. Tout le monde s'inquiétait de vous!

— Nous sommes allés jusqu'à la rivière de la Durantaye, mentit Luc sans laisser à Benoît le temps de répondre.

— Vous auriez pu prévenir! se fâcha Jean en levant la main sur son frère.

— Nous nous sommes décidés en cours de route, protesta Benoît en rentrant les épaules.

— Et puis, vous auriez pu revenir avant la brunante! ajouta Jean Vignal en attrapant son frère par la nuque.

Secoué comme un pommier, Benoît tentait d'échapper à la poigne de son aîné mais celui-ci, bien qu'il n'eût que dix-huit ans, était un solide gaillard capable de soulever son cadet par le col de son gilet.

— Et pourquoi avais-tu apporté la lanterne? demanda-t-il.

Luc était fort heureux que Jean ne fût pas son frère à lui. Pour faire diversion, il demanda au capitaine Latour, qui observait la scène en souriant:

— Vous descendez au village? Se passe-t-il quelque chose?

— Jean-Loup Carignan vient d'arriver de Granverger avec mon fils Gilles. Il paraît qu'ils ont quelque chose d'urgent à nous dire.

— Quelque chose de grave? s'inquiéta Luc.

— C'est ce que nous saurons bientôt si nous poursuivons notre chemin à l'instant. Vignal, lâche un peu ton frère avant que sa tête ne se décroche.

Les quatre hommes se remirent en route. Luc et Benoît suivirent, ce dernier se frottant le cou et geignant contre son aîné.

Les deux amis furent encore sermonnés lorsqu'ils arrivèrent chez eux. Joseph Vignal, surtout, le père de Benoît, lui flanqua une taloche dont il allait se souvenir longtemps.

Mais, heureusement, les gens de Neubourg avaient ce soir-là d'autres préoccupations. Un coureur de bois nommé Jean-Loup Carignan était arrivé en canoë au crépuscule avec un jeune homme de Granverger. Il avait demandé que tous les villageois se réunissent, ainsi que le capitaine de la garnison, car il avait quelque chose de grave à leur dire.

Les gens se rassemblèrent chez François Bertin, le père de Luc. Les enfants ne furent pas admis; Luc, bien qu'il ne se considérât plus comme un enfant, reçut l'ordre de rester dans sa chambre, à l'étage. Mais il décida d'observer la réunion par une fente dans le plancher.

Benoît n'avait pas, lui non plus, l'intention de manquer ce qui se dirait. Il y avait un poulailler adossé à la maison des Bertin. Parfois Benoît grimpait sur le toit pour rejoindre la fenêtre de Luc, et c'est ce qu'il entendait faire ce soir.

Il n'y avait pas de lune. Les seules lumières visibles dans le village venaient des fenêtres des maisons. Toutefois Benoît connaissait assez bien les lieux pour se diriger à la noirceur et rejoindre sans peine la basse-cour à l'arrière de chez les Bertin.

En approchant il vit bouger une silhouette près de la maison, une ombre qui se profila sur le carré lumineux de la fenêtre ouverte. L'homme s'approcha de la maison, se colla au mur tout à côté de la croisée. Benoît ne pouvait voir son visage, il n'avait pas non plus eu le temps de reconnaître sa silhouette. Toutefois il pensait que ce n'était pas un indigène.

Prestement le garçon se cacha derrière l'angle du poulailler; de toute façon l'homme lui tournait le dos et ne pouvait le voir. Qui était-ce et pourquoi se cachait-il? Tous les adultes du village avaient été invités à venir entendre Jean-Loup Carignan. Alors, quelqu'un qui n'était pas du village? Sevestre? Ou même le baron?

Mais non: le baron était à Granverger. Toutefois Carignan était lui aussi à Granverger quelques jours plus tôt: si lui était revenu, Davard aurait pu en faire autant, derrière lui.

Qui que ce fût, s'il agissait en espion, il fallait le traiter comme tel et employer la ruse pour l'empêcher d'espionner. Sans faire de bruit, Benoît emjamba la clôture de la basse-cour. En deux pas il fut à la porte du poulailler. Il entra brusquement et, à l'aveuglette, il se mit à attraper les volailles sur les tablettes pour les jeter au sol. Un charivari éclata, caquetage et piaillements affolés, les poules voletant ici et là et se bousculant dans le noir.

Après quelques secondes de ce tumulte, la porte arrière de la maison s'ouvrit et monsieur

Bertin sortit dans la cour avec une lanterne. Il eut le temps d'apercevoir une ombre qui fuyait mais elle disparut dans les ténèbres.

— Hé! Qui va là?! Cria-t-il en vain.

Il ne vit pas Benoît, qui était monté en hâte sur le toit du poulailler. Lorsque monsieur Bertin fut rentré, le garçon rejoignit Luc qui était à sa fenêtre. Tout en entrant dans sa chambre, il lui expliqua ce qui venait de se passer. Luc songea à l'ombre qui les avait suivis sur le chemin venant du manoir, ou du moins l'ombre qu'il avait *cru* apercevoir. Pouvait-il s'agir du même homme? De Sevestre?

Luc et Benoît s'allongèrent sur le plancher et rivèrent leur regard à la fente. Ils ne voyaient qu'une mince portion de la salle en contrebas mais ils entendaient très bien ce qui se disait.

— Ce n'était pas un renard, avait annoncé monsieur Bertin en rentrant.

— Un sauvage? demanda son épouse.

— Il m'a semblé que non.

— Capitaine Latour, plaisanta quelqu'un, vos soldats profitent de votre absence pour venir voler des poules. Les nourrissez-vous si mal?

Mais un villageois plus sérieux avança que c'était peut-être Sevestre.

— L'intendant du baron? fit Carignan. Il ne faudrait pas qu'il entende ce que nous déciderons: il pourrait faire prévenir Davard par un messager indien.

— Gareau, fit le capitaine en s'adressant au soldat qui l'avait accompagné. Prenez votre lanterne et montez la garde autour de la maison. Interpellez quiconque s'approcherait.

Lorsque le soldat fut sorti, Jean-Loup Carignan raconta ce qu'il était venu dire. Les gens de Granverger, expliqua-t-il, craignaient qu'à nouveau deux de leurs enfants ne soient enlevés bientôt. Les deux années précédentes, les disparitions avaient eu lieu au solstice d'été, soit deux ou trois jours avant la Saint-Jean. Or cette date approchait. Les soupçons, on l'a dit, se portaient sur les Abénaquis, alliés du baron Davard. Carignan fut plus direct, accusant carrément le seigneur d'avoir protégé les coupables et même d'avoir été complice de ces rapts.

— Je n'ose pas, déclara-t-il gravement, imaginer ce qu'il est advenu d'eux.

Selon lui Davard s'adonnait à la sorcellerie, se livrant à des rites barbares en l'honneur d'une divinité que les Indiens nommaient Manitaba.

À l'étage, dans l'obscurité, Luc et Benoît frissonnèrent à l'évocation de ces sombres pratiques.

— Ce sont de graves accusations que vous portez là, remarqua le capitaine Latour, qui était chargé du maintien de la paix dans la région.

Monsieur Bertin hocha la tête pour l'approuver.

— L'accusation de sorcellerie, en particulier, ne doit pas être prononcée à la légère, poursuivit le militaire. Quant à moi, le baron m'a toujours semblé un homme raisonnable. Bizarre, je vous l'accorde, car il a longtemps fui la compagnie des Français...

Le lieutenant Vincelot, qui avait accompagné Latour, intervint:

— Pour ce qui est de son alliance avec les Indiens, on ne peut la lui reprocher: les Abénaquis ne sont pas les ennemis des Français.

— Quant à moi, commenta monsieur Bertin, je ne connais du baron que sa générosité: de tous les seigneurs de la région, c'est lui qui impose les redevances les moins lourdes. Et les gens de Granverger seraient bien ingrats de ne pas le reconnaître, eux de qui le sieur Davard n'a pas encore réclamé un denier.

Jean-Loup Carignan avait patiemment écouté ces remarques mais son compagnon, le jeune Latour de Granverger, piaffait d'impatience. Carignan le calma d'un geste et dit:

— Je puis vous dire ce que j'ai vu, moi, en matière de sorcellerie. Les nuits de pleine lune, les Abénaquis dansent autour des feux devant le manoir de Davard, dans la clairière sacrée d'Aïtétivché. Pendant ce temps, dans une caverne sous son manoir, Davard et les sorciers indiens se rassemblent pour évoquer Manitaba. Tout cela je l'ai vu, et j'ai même senti la présence maléfique de ce démon.

Cette déclaration du coureur de bois fit passer sur la compagnie un souffle de frayeur; un silence inquiet pesa durant un bon moment.

Puis Carignan continua son exposé. Les gens de Granverger réclamaient la protection de leurs parents et amis de Neubourg. Carignan lui-même comptait partir dès le lendemain pour se rendre au village montagnais de Stadaïaké, dans les environs de Québec. C'est là

44

que vivait sa mère; il y avait passé une bonne partie de son enfance. Son grand-père était le sorcier du village. Jean-Loup espérait recruter avec son appui quelques dizaines de guerriers.

Bref, c'était une véritable expédition que Carignan était venu organiser en hâte, pour aller protéger les gens de Granverger contre le sorcier Davard et ses alliés Abénaquis.

La discussion se prolongea fort avant dans la nuit. Il était tard lorsque Benoît décida de rentrer chez lui. Il dut ruser pour échapper à la surveillance du soldat qui montait la garde. Il attendit, pour descendre et s'éloigner, que sa ronde eût mené l'homme de l'autre côté de la maison.

Les deux garçons eurent grand peine à s'endormir, hantés par les peurs que Carignan avait fait naître en eux. Ils savaient, eux, que le coureur de bois avait raison en accusant Davard de sorcellerie. L'épisode auquel Luc et Natsic avaient assisté, l'automne dernier, ne laissait aucun doute dans leur esprit. Un grand duc s'attaquant à un homme, cela ne s'était jamais produit; il était facile d'y voir l'intervention d'un démon.

Luc, qui avait été le plus impressionné par ce tragique événement, était bien content de ne pas habiter à Granverger, dans le voisinage du sorcier. Il avait bien connu Marcellin Louvigné, un des adolescents qui avaient disparu deux ans auparavant. Marcellin, un peu plus vieux que Luc, était son ami le plus proche au temps où sa famille habitait encore à Neubourg.

Lorsqu'il avait appris sa disparition, à l'été

1645, Luc avait été consterné. À cette époque, bien sûr, on disait que Marcellin Louvigné et Jeannette Lambert s'étaient perdus en forêt. On supposait qu'ils s'étaient aventurés trop loin dans la contrée inexplorée au sud de Granverger et que peut-être il leur était arrivé un accident en montagne. Mais depuis les disparitions de l'année suivante, d'autres hypothèses avaient été envisagées car la coïncidence était trop suspecte. Luc, pour sa part, soupçonnait le pire depuis qu'il avait surpris avec Natsic la discussion entre Sigmé Kwitadé et le sorcier. N'y avait-il pas été question de sacrifices humains ?

4

Le navire mystérieux

Trois jours avaient passé depuis que Jean-Loup Carignan, à l'heure grise du crépuscule, était arrivé à Neubourg en coup de vent, répandant une angoisse qui avait glacé tout le village. La troisième journée tirait à sa fin sans que ne fussent apparus Carignan et les guerriers qu'il devait ramener de Stadaïaké. À Neubourg, le capitaine Latour, quatre soldats de sa petite garnison et cinq volontaires étaient prêts à partir avec armes et bagages. Ils n'attendaient que le retour de Carignan pour mettre à l'eau leurs canoës. Ils avaient mené leurs préparatifs discrètement, pour que Sevestre ne soupçonne pas ce qui se tramait. De cette façon le baron Davard ne risquait pas d'être prévenu de ce qui se préparait contre lui.

En cette fin d'après-midi Benoît décida de monter à la Pointe-aux-Récifs, à l'extrémité ouest du plateau, pour guetter l'arrivée de Carignan sur le fleuve. Le sentier menant à cette pointe était le même que Luc et Benoît avaient emprunté pour se rendre à l'embouchure de l'aven. Sauf qu'au lieu de le quitter avant d'arriver à la falaise, il fallait le suivre jusqu'au bout.

La pointe devait son nom aux récifs qui s'alignaient dans le fleuve en son prolongement. Des millénaires auparavant, cette pointe du plateau devait s'avancer dans le fleuve d'un seul tenant, longue et étroite. L'érosion avait graduellement morcelé cet éperon et il n'en restait plus qu'une chaîne de récifs hauts et tourmentés.

Benoît s'assit tout au bord de la falaise de façon à avoir presque devant lui, en contrebas, le chapelet de récifs, et à sa gauche le goulet menant à l'Anse-au-Breton.

Les regards de Benoît étaient braqués vers l'amont du fleuve, par où Jean-Loup Carignan allait arriver. C'était fatigant pour la vue car le soleil, situé à gauche de son champ de vision, bas sur l'horizon, l'éblouissait, de même que ses reflets sur le fleuve. Pour cette raison le garçon préférait contempler le panorama au nord, quitte à jeter un coup d'œil vers l'ouest de temps à autre. Voilà pourquoi il fut un bon moment sans regarder du tout vers l'Anse-au-Breton, qui se trouvait à sa gauche, un peu vers l'arrière. Du reste, un buisson lui masquait la vue dans cette direction.

Lorsqu'il se leva et fit quelques pas pour se dégourdir, Benoît aperçut un navire. Il était à l'ancre en plein centre de l'Anse-au-Breton, toutes voiles carguées. C'était un trois-mâts et il semblait fort bien armé. Il était trop loin pour que le garçon puisse lire son nom ou même reconnaître son pavillon.

«Comment est-il entré là?» se demanda Benoît intérieurement. À marée haute, sûrement, car autrement le goulet n'était pas assez profond. Et encore, Benoît aurait cru que la baie n'était pas assez profonde pour un vaisseau de ce tonnage. À marée basse ce devait être tout juste.

Mais ce qui intriguait surtout le garçon, c'était de savoir *quand* il était arrivé. Personne au village n'avait vu de navire de ce tonnage passer sur le fleuve ces trois derniers jours. Il venait peut-être de Québec, mais Benoît ne se souvenait pas de l'avoir vu passer en direction de Québec ces dernières semaines; or il n'en était pas arrivé des dizaines, de bateaux.

Ce qui déconcertait Benoît, c'était que le navire se fût amarré là en secret. Car enfin, pourquoi n'avait-il pas jeté l'ancre devant Neubourg? Pouvait-il s'agir de contrebandiers? Alors ils seraient passés au large de Neubourg à la faveur de la nuit. Ces jours-ci la marée était haute vers deux ou trois heures et la lune se levait aussi vers ces heures-là.

Benoît décida de s'approcher. Il longea le bord du cap, restant toutefois sous le couvert des buissons et des arbres. Il arriva ainsi en face du navire. Tout était tranquille; en cette fin de journée, l'eau de l'anse était calme, bleue. On ne distinguait pratiquement aucun mouvement à bord du navire. Le regard perçant de Benoît ne repéra qu'un guetteur dans le nid de pie, ainsi qu'une couple de marins sur la dunette. Manifestement ils n'étaient pas très affairés: ils semblaient bavarder, peut-être en fumant la pipe.

Le garçon aperçut ensuite un canot sur la grève, au fond de la petite baie. Une demi-douzaine d'hommes s'affairaient sur le rivage et Benoît eut quelque peine à comprendre ce qu'ils faisaient. Ils semblaient avoir coupé une grande quantité de buissons, dont ils brisaient les branches pour les fourrer dans de grands sacs de toile. Ils s'affairaient aussi à remplir de terre deux ou trois autres sacs, plus petits, ceux-là. Lorsque ce fut terminé, ils embarquèrent les sacs et se mirent à ramer vers le navire. Ces sacs, le garçon les vit un peu mieux lorsqu'ils furent hissés à bord. Fermés à leur extrémité, ils formaient des balles volumineuses mais relativement légères. Benoît n'avait pas la moindre idée de l'usage qu'on comptait en faire.

Le garçon observa longtemps le navire, sans en apprendre beaucoup plus long à son sujet. Il envisagea diverses hypothèses, mais aucune explication n'était évidente. La seule certitude était que, si ces gens avaient pris la peine de venir jeter l'ancre dans cette anse, manœuvre délicate, ce devait être parce qu'ils tenaient à ne pas être vus. Là où ils étaient amarrés ils n'étaient pas visibles du fleuve, à cause d'une langue de terre plantée d'arbres qui fermait le goulet. Cette volonté de dissimulation incitait Benoît à penser qu'il s'agissait de contrebandiers. Comme aucun pavillon ne flottait à son grand mât, ce pouvait même être le navire de corsaires, comme ces frères Kertk qui s'étaient emparés de Québec en 1629 pour le compte de l'Angleterre.

De temps à autre le garçon jetait un coup d'œil vers le fleuve. Le soleil était proche de l'horizon lorsque Benoît aperçut sur le Saint-Laurent six longs canoës chargés d'hommes. De ces canoës, le navire ancré était probablement invisible car la marée baissait et la pointe du grand mât ne devait pas dépasser de beaucoup la cîme des arbres qui le masquaient. De toute façon les passagers de ces canoës étaient pour l'instant fort occupés à ramer pour atteindre Neubourg avant la tombée de la nuit.

Benoît était monté à la pointe pour voir arriver Carignan et en prévenir les villageois. Mais sa curiosité l'incitait à rester à son poste afin d'observer le mystérieux navire. Que décider? Ne fallait-il pas prévenir au plus tôt les gens de Neubourg, au cas où il se serait agi de pirates préparant un mauvais coup? Qui sait, même une attaque contre le village et son fort? Mais cela semblait improbable à Benoît: on n'était pas en guerre, qui aurait voulu attaquer Neubourg, et pourquoi? Ce n'était qu'une bourgade sans grande importance stratégique, hormis que son fort commandait le détroit entre l'Île-d'Orléans et la rive sud.

Benoît décida de rester encore un peu pour voir s'il allait se passer quelque chose. En cas d'alerte il lui serait toujours possible de rejoindre à la course le fort, puis le village. Les pirates, s'ils voulaient attaquer Neubourg par voie de terre, auraient à faire plus long de chemin, et on pouvait présumer qu'ils ne connaissaient pas très bien les sentiers.

Au coucher du soleil, l'équipage commença à s'animer. Des ordres étaient donnés aux matelots, mais probablement sur un ton modéré car Benoît n'entendait aucun éclat de voix. Pourtant, de coutume, à bord des navires, les commandements étaient criés ou lancés d'une voix forte. Probablement voulait-on ce soir éviter d'attirer l'attention si des gens s'étaient trouvés à proximité de l'anse. Décidément leur affaire était bien secrète.

La marée était basse, maintenant, et dans la pénombre du crépuscule Benoît remarqua que le navire semblait donner de la bande à bâbord. Sans doute, avec le jusant, sa quille avait-elle touché le fond de la baie et le bateau commençait à se coucher lentement.

L'équipage s'affairait à monter sur le pont des coffres qui semblaient extrêmement lourds car on se servait de palans. On n'alluma des lanternes que lorsque l'obscurité fut presque complète. Et encore n'en alluma-t-on que peu: une à l'écoutille de la cale, une au bossoir d'où l'on s'apprêtait à descendre un canot, une dans ce canot lorsqu'il fut à flot le long de la coque. Car on semblait préparer un débarquement: les coffres que l'on sortait de la cale étaient transportés près du bord et de là, grâce à la poulie d'un bossoir, descendus dans le canot.

Il ne fallut pas beaucoup de coffres pour que l'embarcation ne s'enfonce presque jusqu'au bord. Lorsqu'elle fut chargée, six matelots se mirent à ramer, tandis qu'un septième tenait la barre et qu'un autre, portant le fanal, se mettait à la proue pour voir venir le rivage. Entretemps on avait mis à l'eau un autre canot et on le chargeait de la même façon.

Ne risquant plus d'être vu, à cause de l'obscurité, Benoît s'approcha tout au bord de la falaise et surveilla la première embarcation, qui se dirigeait vers le pied du promontoire. Sa lanterne éclairait à peine l'homme qui la tenait et pas du tout le reste du canot, de sorte qu'on aurait dit une luciole avançant lentement au ras de l'eau.

Finalement l'embarcation aborda la grève juste en contrebas de la position de Benoît. Il y avait là l'éboulis de grosses roches parmi lesquelles s'amorçait une sente abrupte montant au sommet de la falaise. C'est aussi en haut de cet éboulis que s'ouvrait la grotte découverte par Luc et Benoît.

À la lueur de la lanterne, le canot fut déchargé et les coffres alignés sur la grève. Puis l'embarcation repartit vers le navire, mais l'homme qui tenait la lanterne resta sur le rivage. Benoît distingua qu'il avait chargé sur son épaule un gros rouleau de cordage. Ployant sous ce fardeau, le marin s'engagea parmi les roches, s'arrêtant de temps à autre pour souffler ou pour repérer son chemin dans l'éboulis.

Benoît le vit monter ainsi jusqu'à l'endroit où il estimait devoir se trouver la grotte. Était-ce cela? Cet homme, qui semblait bien savoir où il allait, connaissait-il l'existence de la caverne? Apparemment, car la lumière disparut: l'homme devait s'être glissé dans la grotte.

Le garçon décida immédiatement de prévenir Luc. Leur caverne! Ces marins inconnus pénétraient dans la caverne que Luc et Benoît avaient explorée! Peut-être comptaient-ils y cacher les coffres débarqués du navire? Cela aurait expliqué pourquoi ils agissaient si secrètement. On devine bien ce que Benoît imagina au sujet de ces coffres...

Avant de quitter le bord de la falaise, le garçon regarda une dernière fois le navire. L'animation qui régnait à bord était toujours aussi intense — et silencieuse. On avait terminé le chargement du deuxième canot et il commençait à s'éloigner du navire. Celui-ci semblait s'être un peu redressé, pour autant que Benoît pût en juger. Pourtant la marée ne devait pas encore avoir commencé à remonter. Le vaisseau avait sans doute été allégé par le transbordement des coffres. Ces coffres qui contenaient quelque chose de si lourd... Du métal, peut-être?

* * *

— Un butin?!

— Je suis sûr que c'est ça! chuchota Benoît.

Il était monté chez son ami par le chemin habituel, lorsqu'il avait jugé que tout le monde dans le village devait être endormi. Comme tous les paysans, ceux de Granverger se couchaient tôt pour se lever avec le soleil. Luc et Benoît étaient fatigués, ayant passé une bonne partie de la journée aux travaux des champs.

Mais leur lassitude cédait le pas à leur enthousiasme, devant la perspective d'une nouvelle aventure. Pendant que Luc s'habillait, Benoît lui raconta en détail ce qu'il avait observé deux heures plus tôt à l'Anse-au-Breton.

— Sors par la fenêtre et attends-moi sous l'appentis de ta maison, murmura Luc.

Benoît obéit, tandis que son aîné ouvrait avec précaution la porte de sa petite chambre. S'appliquant à ne pas faire grincer les lattes du plancher ni les marches de l'escalier, Luc descendit au rez-de-chaussée. Il chercha à tâtons la lanterne qu'il avait prise l'autre jour. Il l'alluma avec un tison encore rouge du foyer. Il lui fallait redoubler de prudence car deux hommes dormaient sur le plancher de la salle: Jean-Loup Carignan et son grand-père Jehan, venu de France, qui se joignait à l'expédition sans trop qu'on sût pourquoi.

Luc sortit sans bruit par la porte de derrière et se dirigea vers chez Benoît. Celui-ci attendait avec impatience sous l'appentis, où étaient rangés une brouette et divers outils pour le potager des Vignal. Les garçons prirent à nouveau le rouleau de corde qui se trouvait là. Benoît avait aussi pris une lanterne chez lui. De sorte qu'ils seraient mieux équipés que lors de leur première exploration de l'aven.

Il était plus de onze heures lorsqu'ils quittèrent le village silencieux. Neubourg dormait depuis un bon moment déjà car demain, à l'aube, la moitié de ses hommes partiraient avec l'expédition de Carignan. Les trente Montagnais que celui-ci avait ramenés de Stadaïaké

55

avaient établi un campement sommaire à l'extrémité nord du village, du côté du fleuve, de façon à être moins visibles si Sevestre était descendu faire un tour au hameau. Il fallait prendre toutes les précautions pour dissimuler jusqu'à la dernière minute les préparatifs de l'expédition. On pouvait ainsi espérer que le baron Davard n'en soit pas prévenu, ou du moins pas trop à l'avance.

Benoît avait déjà oublié la correction que lui avait infligée son père lorsqu'il était rentré deux heures après le coucher du soleil. Il ne pensait plus qu'à ses contrebandiers (il était convaincu qu'il s'agissait de contrebandiers, ou peut-être même de pirates).

Cette marche nocturne dans la forêt avait quelque chose d'exaltant et d'effrayant à la fois. Luc et Benoît devinaient au-dessus d'eux le vol feutré des chouettes et des hiboux. On entendait parfois le ululement de l'un de ces rapaces, étonné par la lumière des lanternes. Cette lumière ne portait pas bien loin et les yeux des garçons cherchaient vainement à percer les ténèbres qui les entouraient. Au passage, ils ne distinguaient que les troncs d'arbres et les buissons bordant le sentier; au-delà la noirceur était opaque, inquiétante. La marche leur parut interminable, tant était grande leur hâte; malgré leurs lanternes ils ne pouvaient aller aussi vite qu'en plein jour.

Luc tint d'abord à voir le navire. Ils se rendirent jusqu'au bord de la falaise, cachant la lueur des lanternes avant de l'atteindre. C'est donc sous le seul éclairage des étoiles qu'ils franchirent les derniers mètres. Le précipice s'ouvrit soudain devant eux et ils devinèrent la silhouette sombre du navire au centre de l'anse. Il n'y avait plus de lumière à bord. Seule une luciole comme en avait vu Benoît tantôt avançait lentement sur l'eau: un canot, sans doute le dernier à faire le trajet jusqu'au rivage.

Avançant la tête au-dessus du vide, les deux garçons purent contempler un spectacle peu ordinaire: un pointillé de petites flammes s'étirait de la grève jusqu'au sommet de l'éboulis, au tiers de la hauteur de la falaise. C'étaient des flambeaux, qui avaient été plantés parmi les roches pour éclairer le chemin ardu menant à la grotte.

Luc et Benoît virent que, sur le rivage, les coffres avaient été ouverts. Un homme en tirait ce qui semblait être des sacs de cuir, de grosseur moyenne mais manifestement pesants. Il les distribuait aux matelots, qui les transportaient un par un sur leur épaule jusqu'à la grotte, en suivant le chemin illuminé. Ce qu'ils en faisaient une fois rendus là-haut, les deux garçons ne pouvaient le voir très bien, mais ils eurent l'impression qu'il y avait là quelqu'un pour les recevoir.

— Il faut descendre par le puits, chuchota Benoît.

C'était en effet la seule chose à faire si on voulait voir ce qui se passait dans la caverne. Mais au souvenir de leur première expédition qui avait failli mal tourner, Luc hésitait. Il céda cependant à sa curiosité et à l'insistance de son jeune ami. Avec une lanterne de rechange, ce serait cette fois moins aléatoire, surtout qu'il n'y aurait pas d'eau ruisselant sur les parois.

Ils quittèrent donc le bord de la falaise pour s'engager à nouveau sous le couvert de la forêt. Ils eurent grand peine à retrouver l'arbre fendu par la foudre, ainsi que la doline, tant l'environnement paraissait différent à la noirceur. Benoît se demandait s'il y aurait encore quelque chose à voir lorsqu'ils arriveraient au fond de l'aven.

Descendus vers les roches qui abritaient le trou, ils constatèrent que la branche morte y était toujours. Ils y attachèrent l'extrémité de la corde et en laissèrent pendre toute sa longueur dans l'aven. Puis, ayant suspendu leur lanterne à leur ceinture, ils s'engagèrent l'un après l'autre dans le trou.

5

Deux pièces d'or

La descente ne fut pas plus difficile que la première fois: qu'il fît jour ou nuit, l'obscurité était la même après les quelques premiers mètres. Cela s'avéra même moins ardu parce que cette fois chacun avait sa propre lumière et que le roc était bien moins glissant.

Toutefois les deux garçons ne pouvaient progresser très vite car trop de précipitation aurait pu causer un accident. Benoît songeait que lorsque Luc et lui parviendraient à la caverne, les présumés contrebandiers seraient sûrement partis. Peut-être était-ce préférable ainsi: ces gens, si vraiment ils étaient des malfaiteurs, pourraient être dangereux s'ils se voyaient découverts.

Comme la première fois la corde vint à leur manquer quelques mètres au-dessus de l'endroit où le passage se rétrécissait et prenait l'aspect d'une faille dans le roc. Instinctivement ils redoublèrent de prudence et ne conversèrent plus que par murmures.

Arrivés à l'étranglement, ils observèrent le silence le plus total. Ils entendirent des voix et virent une lueur. Les voix étaient celles d'hommes, qui ne parlaient pas particulièrement fort mais qui ne semblaient pas non plus craindre d'être entendus. La lumière, ténue et jaunâtre, devait être celle d'une lanterne. Elle soulignait le contour vertical du passage étroit qui débouchait sur la caverne. À quoi qu'ils fussent occupés, les présumés contrebandiers n'avaient donc pas terminé.

Luc et Benoît convinrent de laisser leurs lanternes dans l'aven: elles ne leur seraient plus nécessaires et s'avéreraient plutôt encombrantes dans l'étroit passage, en plus de trahir leur présence.

Benoît s'y engagea le premier, après que Luc l'eût exhorté à une extrême prudence. Le plus silencieusement possible, ils se glissèrent dans la faille, progressant décimètre par décimètre. Luc atteignit à son tour l'endroit où il avait cru rester pris l'autre fois. Ce ne lui fut pas plus facile cette fois. Il y perdit même l'un des boutons d'étain de sa veste; dans l'obscurité, il était vain de songer à le chercher.

Lorsque Luc fut parvenu à se faufiler, il se heurta à Benoît qui s'était arrêté, n'osant se rapprocher davantage de la caverne. L'un regardant par-dessus l'épaule de l'autre, ils étaient maintenant en mesure de voir ce qui se passait sur la terrasse naturelle.

Il y avait là un homme, un de ceux que Benoît supposait être des trafiquants ou des contrebandiers. Ce n'était pas un Anglais comme l'avait craint Benoît.

C'était un personnage de taille moyenne et

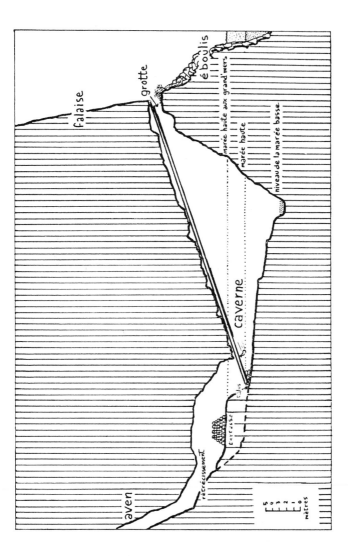

falaise

grotte

éboulis

marée haute aux grand' mers

marée haute

niveau de la marée basse

caverne

talus

terrasse

rétrécissement

aven

5
4
3
2
1
0
mètres

apparemment pas très costaud, mais il devait être vigoureux à en juger par la facilité avec laquelle il soulevait de lourds sacs de cuir. Il s'affairait à les empiler sur le sol, dans un ordre impeccable. À chaque fois qu'il en jetait un sur les précédents, on entendait un tintement métallique. Mais ce n'était pas nécessairement le bruit qu'auraient fait des pièces de monnaie.

Ces sacs, pas très gros, il allait les prendre sur le bord de la terrasse naturelle où il travaillait. C'était un autre homme, placé en contrebas du talus rocheux, qui les lui passait.

Il était à craindre que l'homme sur la terrasse ne regardât vers la faille et remarquât les garçons malgré leurs vêtements sombres. Heureusement la lueur de la lanterne posée sur le sol ne parvenait pas jusqu'à eux.

Le deuxième personnage était dans la quarantaine, robuste et d'une taille au-dessus de la moyenne. Il avait l'œil sombre, sous d'épais sourcils, le nez aquilin dans un visage anguleux. Ses cheveux noirs étaient assez longs et peignés par en arrière. Il ne portait pas de barbe, hormis celle de deux ou trois jours. Il arborait à la ceinture une dague et un sabre dont la lame reflétait parfois le feu de la lanterne posée sur une roche près de lui.

Luc et Benoît surent plus tard que c'était le capitaine car l'autre homme lui donna ce titre une fois. Il dirigeait les opérations, donnant parfois des directives à celui qui rangeait les sacs. Ces sacs, ils lui arrivaient d'étonnante façon. Luc ne comprit pas lorsque pour la première fois il en vit un arriver avec un gros bruit sourd aux pieds du capitaine. Mais en regardant bien il repéra un double câble qui aboutissait à une poulie maintenue par un crochet enfoncé dans le roc.

Devant le crochet retenant le câble, se trouvaient entassées les poches de toile que Benoît avait remarquées en fin de journée, celles que les matelots avaient rapportées du rivage. Remplies de branchages et de broussailles, elles servaient de coussins pour amortir le choc et empêcher que les sacs, en bout de course, ne viennent se fendre sur le roc.

Les sacs, suspendus chacun à une esse*, glissaient le long du câble, dont l'autre extrémité était sans doute fixée à la voûte, à l'entrée de la caverne. Le capitaine faisait un signal en masquant sa lanterne et, là-haut, on larguait les sacs. Ils filaient jusqu'au fond, franchissant la dépression où montait la marée. Ainsi le travail s'accomplissait vite et sans effort. Surtout (peut-être le capitaine avait-il pensé à cela), tout se faisait sans que le gros de l'équipage ne voie exactement où était entreposé le butin. Sans doute les matelots n'entraient-ils même pas dans la grotte qui servait de vestibule à la caverne: ils posaient les sacs sur le seuil, où un homme les prenait pour les suspendre au câble. De cette façon, si le capitaine tenait à ce que sa cachette reste la plus secrète possible, il avait pu s'arranger pour que, à part lui, deux ou trois hommes seulement voient l'intérieur

_____

* *Esse*: crochet ayant la forme de la lettre S.

de la caverne. Sans doute des officiers en qui il avait confiance.

La marée montait dans la caverne. Déjà, le deuxième sac que virent les garçons toucha l'eau au terme de sa descente. Heureusement pour le capitaine, il n'en restait plus beaucoup. Les derniers firent jaillir de grands éclaboussements en plongeant carrément dans l'eau à leur arrivée. Le capitaine pestait, car l'humidité pouvait faire moisir le cuir des sacs.

Un signal venu d'en haut dut lui indiquer que tous les sacs étaient descendus car il monta sur la terrasse pour achever leur rangement. Il chargea l'autre homme de vider les poches de toile contenant les branchages, qui étaient maintenant toutes mouillées. L'homme obéit, puis il réunit les poches en un ballot bien attaché. Il y joignit les esses qui avaient été décrochées de chaque sac reçu.

Entre-temps un gros crochet était descendu le long du câble, traînant derrière lui un filin. L'homme suspendit son ballot à ce crochet, qui fut ensuite remonté grâce au filin.

Le capitaine avait rangé les derniers sacs, puis il avait contemplé d'un air satisfait la pyramide tronquée que formait le tas. Il y avait bien plusieurs dizaines de ces sacs et les jeunes espions se demandaient ce qu'ils pouvaient contenir. Que trafiquaient ces contrebandiers? Des armes destinées au troc avec les Indiens? Alors ce n'auraient été que des pistolets, vu la grosseur médiocre des sacs. Ou des objets précieux pour le trafic des fourrures? À moins qu'il ne s'agît tout simplement d'or...

Prenant la lanterne, le capitaine avait ensuite jeté un long regard autour de lui, comme pour vérifier que personne n'avait observé l'opération. Luc et Benoît crurent bien qu'ils seraient repérés. Précipitamment ils reculèrent dans la faille, le plus silencieusement possible, jusqu'au fond de l'aven.

L'homme s'approcha de la faille et brandit sa lanterne le plus loin possible pour voir si elle était profonde. Mais le passage était manifestement trop étroit pour un adulte et le capitaine dut conclure que personne ne risquait de s'introduire par là. D'ailleurs, cette crevasse dans le roc ne débouchait peut-être nulle part, pour autant qu'il sût.

Le présumé contrebandier s'éloigna finalement, rassuré que son butin était en sécurité de ce côté. Les deux garçons étaient passés inaperçus en restant immobiles au fond de l'aven et en cachant les taches claires que faisaient leurs mains et leur visage.

Le capitaine descendit auprès de son subordonné au moment où revenait le crochet, débarrassé du ballot de poches vides. La marée montait toujours; les deux hommes étaient maintenant dans l'eau jusqu'aux mollets, parmi les branchages qui flottaient entre les roches. Ils enlevèrent leurs bottes, leurs vestes et leurs ceinturons, suspendirent le tout au crochet et firent signe qu'il soit remonté.

Après avoir failli être repérés, Luc et Benoît s'avancèrent à nouveau dans le passage étroit, car il n'y avait plus de lanterne sur la terrasse proche d'eux. Ils risquaient donc moins d'être aperçus et pouvaient observer plus librement.

Le crochet redescendit sur le câble. Cette fois le capitaine y accrocha son sabre et les deux lanternes, puis il cria qu'on les remonte très lentement. Lui et son compagnon avaient maintenant de l'eau jusqu'aux genoux.

«Ils ne pourront pas repartir avant plusieurs heures», songea Benoît. «À moins que...» Ils plongèrent et se mirent à nager résolument vers l'autre versant de la caverne, une distance de près de trente mètres. Au-dessus d'eux les lanternes remontaient lentement le long du câble, à la vitesse où les nageurs avançaient, de façon à leur éclairer la voie. Cependant cet éclairage devait vite devenir insuffisant à mesure que les luminaires s'éloignaient vers le haut. Mais, sur l'autre versant, quelqu'un était descendu avec une lanterne jusqu'au bord de l'eau pour guider les nageurs.

Cela, Luc et Benoît n'auraient pu le voir de leur faille. Mais, dès que les deux présumés contrebandiers s'étaient éloignés en nageant, les garçons étaient descendus sans bruit et s'étaient aventurés jusqu'au bord de l'eau. C'est ainsi qu'ils virent les deux nageurs prendre pied sur l'autre versant et monter vers la sortie. Luc et Benoît descendirent dans l'eau jusqu'à un point d'où ils pouvaient la voir. Ils savaient être invisibles de là-haut car la caverne était maintenant plongée dans l'obscurité complète.

Éclairée maintenant par trois lanternes, la petite grotte là-haut était nettement visible d'en bas et les deux garçons purent observer ce qui s'y faisait. Pendant que les nageurs se rechaussaient, une des extrémités de la corde fut dénouée et lancée dans le vide. Elle tomba dans l'eau avec un grand éclaboussement, juste à côté de Luc et Benoît. Mais déjà on tirait sur l'autre bout du câble. Il se mit à filer dans la poulie qui se trouvait au fond de la caverne, immergée, derrière les deux garçons. Le bout passa dans la poulie, retomba à l'eau et s'éloigna, tiré vers la sortie. De toute l'opération, mise au point avec ingéniosité, il ne restait plus au fond de la caverne qu'une poulie ancrée dans le roc et un tas de branchages flottant sur l'eau.

Là-haut, on enroula le câble. Les quatre hommes sortirent. Ils ne s'éloignèrent pas de la grotte, toutefois, car on distingua encore la lumière de leurs lanternes durant un bon moment.

L'eau était très froide; les deux garçons étaient transis.

— Allons voir les sacs, chuchota Benoît.

Mais Luc refusa d'y toucher avant d'être certain que les présumés contrebandiers soient partis. Ce genre d'hommes étaient bien capables de supprimer les jeunes espions si jamais ils les apercevaient, alertés par un bruit ou une lueur. Benoît eut un geste d'impatience mais son aîné fut inflexible.

Là-haut derrière l'orifice, la lumière des lanternes était graduellement masquée, comme si on installait devant la sortie un quelconque écran.

— On dirait qu'ils sont en train de boucher le trou, murmura Luc.

Là où ils se trouvaient, l'obscurité était complète. À l'aveuglette, ils regagnèrent la terrasse naturelle. Ils ne furent pas fâchés de sortir de l'eau, tout grelottants qu'ils étaient. Benoît dut étouffer une salve d'éternuements. Il parvint le premier auprès du butin.

— Les sacs sont fermés par des cordes, chuchota-t-il dans le noir. Les nœuds sont trop serrés.

— Il faut aller chercher des lanternes, souffla Luc.

Benoît s'offrit pour le faire, évitant ainsi à son ami d'avoir à se faufiler dans l'étroit passage. Luc l'entendit qui s'éloignait et qui cherchait son chemin vers la faille. En attendant, poussé par la curiosité, il se mit à tâter et à soupeser les sacs. Il sentit, à travers le cuir épais, des objets durs et rectangulaires, métalliques selon le bruit qu'ils rendaient lorsqu'ils étaient entrechoqués. Secouer ces sacs était un exercice assez éreintant et Luc s'effara de la force des hommes qui les avaient transportés jusque-là.

La plupart des sacs qu'il toucha contenaient des lingots — de l'or? de l'argent? Sûrement pas du plomb! Il en trouva un, toutefois, qui contenait des pièces de monnaie. Cela tendait à confirmer, si besoin en était, les soupçons de Luc et de Benoît sur la nature du butin. Peut-être ces présumés contrebandiers étaient-ils en fait des faux-monnayeurs? Ou encore des pirates, qui auraient ramené ce trésor de leurs pillages?

Luc avait tenté d'ouvrir chaque sac mais les cordes qui les fermaient avaient été nouées par des mains puissantes. Il aurait au moins fallu y voir clair pour défaire ces nœuds de marin. Mais le sac contenant de la monnaie était mal fermé et Luc parvint à glisser deux doigts dans un repli, entre cuir et corde.

— Luc! appela Benoît du fond de l'aven. Luc, viens ici!

Bien que lointaine et étouffée, Luc lut de l'inquiétude dans cette voix. Il extirpa du sac deux pièces de monnaie sur lesquelles ses doigts s'étaient refermés, puis il se hâta vers le fond de la caverne.

— Qu'est-ce qu'il y a? demanda-t-il à voix basse, en s'approchant de la faille d'où venait une faible lueur.

— Une des lanternes s'est éteinte.

Craignant que l'appel de son ami n'ait porté jusqu'à la sortie de la caverne, Luc s'engagea dans le passage oblique, se glissa à grand-peine dans l'étranglement. À l'autre bout de la faille il distinguait maintenant la flamme d'une seule lanterne. Il finit par rejoindre son ami.

— Comment cela a-t-il pu se produire? demanda-t-il.

— C'est bien simple: la chandelle s'est consumée jusqu'au bout.

— Tu n'aurais pas pu en mettre une neuve avant de partir? s'irrita Luc.

— La tienne n'était pas tellement plus longue, rétorqua Benoît.

C'était vrai. La seule bougie encore allumée n'en avait plus que pour une heure au maximum.

— Nous n'avons que le temps de remonter, dit Luc, soucieux.

— Remonter! protesta Benoît. Sans avoir regardé le butin?

— Cela nous retarderait. Déjà je ne suis pas sûr que nous aurons de la lumière jusqu'en haut du puits.

— Juste ouvrir un sac, insista Benoît.

— Une autre fois, je te dis. Tiens, contente-toi de ceci pour le moment.

Il donna à son jeune ami une des pièces qu'il avait prises dans un sac. Aucun des deux garçons ne savait lire, mais ils virent bien qu'il ne s'agissait pas d'un écu français car, à la flamme de leur unique bougie, ils constatèrent que c'était de l'or.

* * *

Luc avait eu tort de s'inquiéter car, même lorsqu'ils furent sortis de l'aven, qu'ils eurent rappelé, détaché et enroulé la corde, il restait encore à la bougie plusieurs minutes à brûler. Benoît le lui reprocha amèrement mais Luc ne fut pas démonté: il avait pris une décision prudente, ce n'était pas un tort. Il considérait qu'on avait accumulé assez d'imprudences lors de la première expédition et qu'on ne pouvait constamment défier le danger.

Leur discussion eut lieu pendant qu'ils enroulaient la corde. Cela fait, ils convinrent de retourner au bord de la falaise pour voir où en était le navire. Grâce à la lanterne ils s'y rendirent sans trop de peine, d'autant moins que la lune était levée. À l'Anse-au-Breton, elle luisait sur une baie déserte car le navire avait levé l'ancre. Luc n'en fut qu'à moitié étonné.

— Ils ont dû partir à la marée haute, dit-il. C'est le seul moment où un vaisseau de ce tonnage peut franchir le goulet.

— La marée haute, c'était quand exactement?

Luc, qui connaissait bien les cycles de la nature et des astres, se tourna vers la lune, qui était à peine visible au-dessus de la cîme des arbres.

— Il y a une demi-heure environ, répondit-il.

— Le capitaine aurait-il eu le temps de regagner son navire?

Luc haussa les épaules.

— Allons à la pointe, décida-t-il.

S'enfonçant à nouveau dans la forêt, ils rejoignirent le sentier, qui les mena à la Pointe-aux-Récifs. Leur lanterne s'éteignit peu avant qu'ils n'atteignent le bord de la falaise. Là, le vent les fit frissonner car leurs vêtements étaient encore trempés.

Sur le fleuve, la voilure partiellement déployée du trois-mâts faisait une tache pâle sous la clarté lunaire. Le navire avait jeté l'ancre à quelques encâblures de la rive sud, bien en amont du goulet et des récifs. Un canot s'en approchait lentement, portant trois hommes dont deux ramaient.

— Ce doit être le capitaine, commenta Luc en parlant de celui qui était à la barre.

Au moment où ils l'aperçurent, l'embarcation était sur le point de se ranger le long de la coque du vaisseau. Les câbles du bossoir furent descendus et le canot fut hissé.

Puis l'ancre fut levée; le cabestan avait dû être bien huilé car la manœuvre fit peu de bruit. Ses voiles mollement gonflées par la brise, le navire se mit à descendre le fleuve, lentement, entraîné par le courant. Le capitaine fit déployer toute la voilure et l'allure augmenta un peu.

Luc et Benoît le suivirent du regard à mesure qu'il s'éloignait vers le milieu du fleuve, sans avoir allumé ses feux de position. L'intention du capitaine semblait être de longer la rive de l'Île-d'Orléans de façon à passer en face du fort le plus loin possible. La lune avait dépassé son dernier quartier mais sa lumière était suffisante pour faire ressortir les voiles du navire. Heureusement pour les présumés contrebandiers, toute la garnison dormait probablement, en prévision de l'expédition qui partait à l'aube.

Mais comment le navire n'avait-il pas été aperçu lorsqu'il était passé en face de Neubourg la nuit précédente? Peut-être avail-il profité de l'obscurité avant le lever de la lune, qui avait lieu vers une heure?

Lorsque les voiles du navire ne furent plus qu'une petite tache pâle loin en aval, les deux garçons décidèrent de rentrer. La lueur de la lune leur permit tout juste de suivre le sentier sans s'égarer et ils ne purent marcher aussi vite qu'à l'aller.

On imagine bien qu'ils conversèrent durant tout le trajet, compensant pour le silence qu'ils avaient dû observer dans les souterrains. Ils étaient maintenant convaincus qu'il ne s'agissait pas de simples contrebandiers. Si tout le butin était constitué de métal précieux comme le croyaient les deux garçons, il devait s'agir de pirates ou de corsaires. Ni Luc ni Benoît ne connaissaient la différence entre les deux. Les pirates étaient des brigands qui attaquaient des vaisseaux pour s'emparer de leurs marchandises. Les corsaires faisaient la même chose mais au nom d'un pays et de son roi. Ni les uns ni les autres n'étaient réputés pour la douceur de leurs manières.

Les deux amis frissonnaient en songeant à ce que ces hommes auraient pu leur faire s'ils les avaient surpris dans la caverne en train de les espionner.

— Tu crois qu'ils nous auraient tués? demanda Benoît entre deux éternuements.

— Peut-être, oui. Ils ont l'habitude de ne pas faire de quartier. Ou bien ils nous auraient faits prisonniers et nous auraient amenés avec eux, pour ne pas que nous puissions révéler leur cachette.

— Ils nous auraient forcés à travailler sur leur navire?

— Laver les ponts ou nettoyer la cale, sans doute. Ou alors ils nous auraient vendus comme esclaves.

— Où crois-tu qu'ils sont partis?

— Vers les Îles, peut-être, avança Luc. Il y a beaucoup de navigation là-bas, beaucoup de richesses qui sont envoyées vers les vieux pays.

— Pourquoi sont-ils venus cacher leur trésor ici? demanda Benoît.

— Ils reviendront sûrement, soit pour le reprendre, soit pour entreposer un autre butin dans la caverne.

— S'ils sont partis pour les Îles, ils ne reviendront pas avant longtemps.

— C'est sûr, convint Luc.

— Alors nous aurons tout le temps...

— D'aller prendre notre part? Tu crois que je n'y avais pas songé?

— Comme c'est sûrement de l'or volé, il n'y a pas de mal à leur en enlever un peu.

— Mais il faudra être très prudents. Sils découvraient que nous leur avons pris de l'or, ils nous trancheraient la tête.

Benoît frissonna à nouveau.

Lorsqu'ils atteignirent le village, ils étaient tous deux épuisés de leur journée et de leur expédition nocturne.

6

Enlevé par les corsaires

Le soleil n'avait pas encore dépassé l'horizon lorsque huit grands canoës quittèrent le rivage devant Neubourg et se mirent à remonter lentement la Paskédiac. Ce n'est que trois heures plus tard, lorsque les canoës furent au sortir du premier méandre de la rivière, que Sevestre les aperçut par hasard. C'était la plus proche partie de la rivière visible du manoir seigneurial, les arbres cachant le reste en aval.

Sevestre fut un bon moment à se demander quelles étaient ces grandes embarcations (car il fallait qu'elles fussent grandes pour qu'il les distinguât à cette distance). C'est seulement en rapprochant quelques détails observés ces derniers jours qu'il eut une idée de ce qui s'était tramé presque sous son nez. Les paysans lui avaient paru moins assidus aux travaux de leurs champs; il lui avait aussi semblé que le capitaine Latour se rendait plus souvent au village. Mais rien de cela ne l'avait porté à réfléchir et les villageois s'étaient bien gardés de lui mettre la puce à l'oreille. Même lorsqu'un Indien d'Aïténastad lui avait mentionné tôt ce matin que des Montagnais avaient passé la nuit au pied du Cap-au-Loup, à l'embouchure de la rivière, Sevestre avait cru que c'était une bande qui faisait étape dans sa descente du fleuve.

Sevestre descendit en hâte au village pour exiger qu'on lui expliquât ce qui se passait. Il ne vit personne aux champs et très peu d'hommes dans le hameau. François Bertin était sous le porche de sa maison, sermonnant son fils pour avoir fait la grasse matinée. Sevestre l'interpella:

— Dites-moi, quels sont ces canoës que j'ai vus remontant la rivière?

Bertin, un homme encore vert malgré son âge, laissa son fils et tourna vers l'intendant un visage placide.

— Les canoës? demanda-t-il innocemment.

— Ne me dites pas, s'impatienta Sevestre, que vous n'avez pas vu plusieurs grands canoës passer devant le village?

— Ma foi, cela se peut bien...

Sur ces entrefaites survint Joseph Vignal, un homme au caractère bouillant. Il apostropha l'intendant:

— Qu'est-ce que ça peut vous faire que des canoës aient quitté le village?

— Cela me fait que je représente ici le sieur Davard en son absence et que j'ai le droit en son nom de savoir ce qui se passe sur son domaine.

— Ne vous inquiétez pas, il saura bien assez tôt ce qui en est de ces canoës.

— Ils remontent à Granverger? Qui est à

bord? Ces Montagnais qui ont campé sous le cap? Où sont tous les villageois?

— Vous posez trop de questions, répondit sèchement Vignal. Sachez seulement que le temps est fini où votre baron pouvait ravir impunément les enfants de ses colons.

— C'est une attaque que vous menez contre lui?! Une rébellion!

François Bertin intervint, plus calme:

— Une simple délégation, pour s'assurer que les gens de Granverger vivent bien en sécurité et que les Abénaquis n'ont pas d'intentions hostiles. Le capitaine Latour sera là pour voir à ce que la paix soit maintenue et pour poser quelques questions au baron.

«Les soldats aussi!» songea Sevestre. C'était une véritable expédition militaire! Il fallait que le baron fût prévenu le plus vite possible. Sans saluer Bertin ni Vignal, l'intendant quitta le hameau à grands pas.

* * *

S'étant réveillés tard pour la raison que l'on sait, Luc et Benoît n'avaient pas eu connaissance du départ de Carignan et de son expédition. Ni des préparatifs menés pour empêcher les Indiens d'Aïténastad de porter au baron un message de son intendant, Sevestre. Ils avaient demandé l'autorisation de rejoindre, sur les rives de la Michikouagook, les hommes du village qui devaient intercepter les messagers indiens. Mais on leur avait répondu de rester au hameau avec les autres enfants. Luc avait été particulièrement insulté; il soupçonna son père de le punir ainsi d'avoir paressé au lit.

Le lourd sommeil de Luc et de Benoît avait intrigué leurs parents. Madame Vignal remarqua les vêtements de son fils étaient humides et que la chandelle dans la lanterne était entièrement consumée. Lorsque, en plus, elle vit Benoît se lever avec un début de rhume, elle fut certaine qu'il avait passé une partie de la nuit dehors. Mais comment en était-il venu à tomber à l'eau, voilà ce qu'elle aurait bien voulu comprendre.

Cependant Benoît refusa de répondre, on s'en doute bien. Lui et son ami s'étaient bien jurés de garder entre eux le secret de la caverne et de son trésor. Ils avaient convenu d'endurer les punitions les plus sévères plutôt que de révéler leur découverte.

Ils auraient sûrement subi un interrogatoire en règle si leurs parents n'avaient eu d'autres chats à fouetter. Pour l'heure, la surveillance des Indiens d'Aïténastad était plus importante afin d'assurer la sécurité de l'expédition partie à l'aube.

Luc se rendit chez Benoît. Ils se cachèrent sous l'appentis derrière la maison pour contempler en secret les deux pièces d'or qu'ils avaient rapportées de la caverne. Bien sûr, il fallait que personne d'autre ne les vît car les deux garçons auraient été bien embarrassés d'expliquer comment cette monnaie, qui représentait une petite fortune, était venue en leur possession. Quand à eux, ils n'avaient jamais vu de pareilles pièces — ils n'avaient jamais vu d'or, du reste. Leurs yeux brillaient, d'émerveillement bien plus que de cupidité. Ils avaient une conception plutôt innocente de la richesse, ils n'étaient pas comme ces vieux avares que leur vice a rendus hargneux.

Peu après que Sevestre, et Joseph Vignal presque derrière lui, eussent quitté le village, un navire fut aperçu remontant le fleuve. Lorsqu'il devint évident qu'il manœuvrait pour entrer dans l'embouchure de la Paskédiac, tous les gens de Neubourg se rassemblèrent sur la berge. C'était un trois-mâts français; Luc et Benoît, tirés de leur appentis par l'émoi des villageois, reconnurent avec stupeur celui qui avait quitté l'Anse-au-Breton durant la nuit. Benoît vint tout près de le dire, mais son ami lui fit signe de se taire.

On put lire son nom lorsqu'il jeta l'ancre à une encâblure du rivage: le *Scorpion*. François Bertin, qui était à Neubourg depuis sa fondation, reconnut le navire.

— C'est le vaisseau du capitaine Davard, le fils du seigneur.

On imagine l'étonnement des villageois, de voir arriver le fils Davard ce jour même où on parlait tant de son père. Luc et Benoît ne furent pas les moins surpris. Mais eux savaient que cette arrivée du *Scorpion* n'était qu'une mise en scène, que le navire était dans les parages depuis un ou deux jours et qu'il avait déchargé une cargaison secrète à l'Anse-au-Breton.

Quant à savoir pourquoi il était revenu, les deux garçons n'en avaient pas la moindre idée.

Ils le pensaient en train de descendre le fleuve pour gagner la haute mer et cingler vers les Îles, voici qu'il surgissait à l'embouchure de la Paskédiac.

En tous cas il n'était plus question de retourner à la caverne pour prélever une petite part du butin. Ce serait beaucoup trop dangereux tant que les propriétaires du trésor seraient dans les parages. On devine la déception des deux amis, qui imaginaient déjà leurs poches remplies de pièces d'or comme celles qu'ils avaient rapportées de la caverne.

— Depuis dix ans, raconta monsieur Bertin, le capitaine Davard est venu à Neubourg deux ou trois fois déjà, pour voir son père.

— Il fait du commerce? lui demande Luc.

— Non, il est corsaire: il fait la course aux galions espagnols, avec l'autorisation du roi de France. Une manière de pirate, si tu veux, mais pour le compte du roi.

Luc et Benoît échangèrent des regards entendus.

— Il a déjà rapporté des trésors? demanda le plus jeune.

— Pas que je sache, répondit monsieur Bertin. Rien de considérable, en tous cas. Les convois partant de Nouvelle-Espagne et de Nouvelle-Grenade sont toujours bien protégés, il est rare qu'un corsaire seul puisse s'emparer de gros butins.

Rare peut-être, songèrent Luc et Benoît, mais cette fois-ci le capitaine Davard avait réussi à gagner gros.

Un canot fut mis à l'eau, apparemment pour

amener à terre le capitaine lui-même. Sur la rive, les conversations allaient bon train.

Luc et Benoît furent rejoints par Natsic. Chacun baragouinait la langue de l'autre, de sorte qu'ils se comprenaient à peu près. Cependant les parents des deux Français n'aimaient pas tellement qu'ils fréquentent les Indiens. Ils craignaient peut-être qu'il leur prenne, par contagion, l'envie de partager la vie libre des indigènes et de partir avec eux pour courir les bois.

Natsic les salua et leur demanda ce qui se passait au village. En quittant Aïténastad, il avait croisé Sevestre qui lui avait paru fort pressé, et maintenant il trouvait femmes et enfants du village tout excités par l'arrivée du navire, tandis que les hommes brillaient par leur absence.

Les deux jeunes Français préférèrent ne pas expliquer l'absence des hommes du village, pour ne pas trahir leur manœuvre du côté de la Michikouagook. Ils parlèrent donc à Natsic de l'arrivée inattendue du navire.

Bientôt le canot accosta.

— C'est lui, le capitaine Davard? demanda Luc à son père en désignant l'homme assis à la proue du canot.

— Oui, c'est lui.

Luc et Benoît l'avaient reconnu: c'était l'homme au visage dur qu'ils avaient vu dans la caverne et qui leur avait paru être le chef. Ce matin il était habillé de façon plus voyante, portant un pourpoint vert et un tricorne empanaché de plumes exotiques, colorées. L'homme qui tenait la barre était celui qui avait empilé les sacs au fond de la caverne; son nom était Trévignon et il était second à bord du *Scorpion*.

C'est François Bertin qui alla accueillir le capitaine qui débarquait. Monsieur Bertin fut poli mais réservé: le nom de Davard n'était guère populaire, ces jours-ci, à Neubourg et Granverger.

— Quelle bonne fortune vous amène, capitaine?

— Une bonne fortune en effet, répondit Davard en éclatant d'un rire sonore.

Mais il n'en dit pas plus long. Seuls Luc et Benoît savaient à quel point monsieur Bertin avait touché juste en parlant de fortune.

Les deux garçons eurent du corsaire une impression différente de celle de la nuit. Il semblait avoir bon caractère, bien qu'il parût rude. Il affichait une bonhomie féroce, parlant fort, riant avec brusquerie. Il faisait songer au père de Benoît, Joseph Vignal: prompt à se fâcher, sévère dans ses sanctions, mais un homme bon au fond. Le capitaine Davard semblait être du même genre mais ses colères devaient être plus redoutables, sa volonté plus implacable, car il avait sous ses ordres un équipage d'hommes durs et un vaisseau puissamment armé. Il donnait l'impression qu'aucun scrupule ne l'entravait dans la poursuite de son profit et la défense de ses intérêts.

Les femmes et les enfants de Granverger formèrent un grand cercle autour du corsaire et de ses hommes. Ils se tenaient à bonne distance et observaient un silence méfiant car la réputation du baron rejaillissait sur son fils. Dans les circonstances présentes, son débarquement inopiné n'était pas sans provoquer un malaise.

— Dites-moi, mon brave... Bertrand, c'est bien cela?

— Bertin, mon capitaine.

— Dites-moi, maître Bertin, mon père est-il à Neubourg ou dans ce trou qu'il était allé défricher il y a quatre ans... Granverger, n'est-ce pas?

— Oui, Granverger. C'est là qu'il se trouve.

À ce moment il sembla que l'attention de Davard était attirée au-delà du groupe de villageois qui l'avaient accueilli. C'était Sevestre qui, du hameau, lui faisait signe de le rejoindre. Le capitaine reconnut l'intendant de son père, se demanda pourquoi il n'était pas venu l'accueillir et restait à l'écart. D'un naturel méfiant, Davard soupçonna immédiatement qu'il se passait quelque chose d'anormal.

— Excusez-moi, maître Bertin, je vois là l'intendant de mon père. Je vais aller prendre de ses nouvelles.

Il invita son second à le suivre et se fraya un chemin dans le rang des villageois. Ceux-ci devinèrent bien ce que Sevestre allait annoncer au capitaine, mais ils ne pouvaient l'en empêcher.

— Qu'y a-t-il, Sevestre? demanda le corsaire dès qu'il l'eut rejoint, loin des villageois.

— C'est votre père, monsieur. Je crains qu'il n'ait commis des imprudences.

— Des imprudences? répéta Davard en fronçant les sourcils.

— À Granverger, des enfants ont été enlevés: on accuse les Abénaquis, auxquels votre père est allié. Il les protège et on le soupçonne même de complicité. On le taxe aussi de sorcellerie.

Le capitaine savait que son père s'adonnait à la sorcellerie en compagnie des shamans indigènes, il se doutait même qu'il se livrait à des pratiques assez cruelles. Mais ceci était plus grave qu'il ne l'aurait cru.

— Continuez, pressa-t-il.

— Cela s'est su jusqu'ici, par un coureur de bois nommé Carignan. Ce matin une expédition a entrepris de remonter la rivière.

— Une expédition?

— Vous voyez bien que presque tous les hommes sont absents du village. La garnison du fort est partie elle aussi. Il paraît que le capitaine Latour a l'intention d'enquêter sur les enlèvements et d'empêcher qu'il s'en fasse d'autres.

— Ils sont partis bien nombreux pour mener une simple enquête! se fâcha le corsaire. Cela ressemble plutôt à une campagne de représailles, non?

— C'est ce que je pense, capitaine. En plus, un groupe de guerriers montagnais a campé près du village cette nuit et je crains qu'ils ne soient de la partie.

— Par les feux de Saint-Elme! tonna le corsaire.

Il se tourna vers son second et lança:

— Ce n'est peut-être qu'un vieux sorcier mais il est mon père. Il faut empêcher ces excités de lui faire un mauvais parti.

Il cria vers ses matelots restés près du canot:

— Hasold! Hasold, viens ici!

L'un des rameurs quitta la grève et se hâta

vers son capitaine en boitillant. Davard fit quelques pas à sa rencontre et lui dit à voix basse:

— Tu vas aller monter la garde à l'Anse-au-Breton. Que personne ne trouve l'entrée de la caverne. Je fais confiance à ton jugement.

Il le prit par l'épaule et l'amena vers l'intendant.

— Sevestre, ordonna-t-il, vous pourvoirez aux besoins de cet homme, nourriture et boire. Sans poser de questions.

— Il y a une chambre libre au manoir, répondit l'intendant.

— Il ne couchera pas au manoir. Vous lui fournirez des couvertures et de quoi faire du feu.

— Bien, fit Sevestre, intrigué mais obéissant.

Trévignon intervint, s'adressant au capitaine:

— Et nous les poursuivrons comment, ces gens qui cherchent noise à ton père?

— Sevestre, demanda le corsaire, la Paskédiac serait navigable jusqu'où, avec un navire comme le *Scorpion*?

L'intendant haussa les sourcils et fit une moue en signe d'ignorance.

— Jusqu'au confluent de la Kénistchouane, peut-être.

— Et cela se trouve...?

— Cinq ou six lieues en amont.

— Et Granverger?

— À plus de vingt lieues.

— Quelle avance ont les canoës?

— Près de cinq heures, maintenant.

Le capitaine Davard se tourna vers son second.

— Mon ami, dit-il, tu vas devoir m'accompagner dand une dernière course.

— Poursuivre des canoës au lieu de galions! commenta aigrement Trévignon.

Ils marchèrent rapidement vers la grève.

— Il faudra un pilote pour nous guider sur cette rivière, observa Trévignon, sans quoi nous allons nous ensabler.

— Le jeune homme que voici acceptera sûrement de nous piloter, fit Davard.

Il s'adressait à Luc, devant qui il se planta. Le garçon recula instinctivement devant cet homme imposant. Il ne put soutenir son regard ardent. Un regard si perçant qu'il eut l'impression que Davard lisait dans son esprit, qu'il allait bientôt deviner que Luc l'avait espionné durant la nuit dans la caverne.

— N'est-ce pas, moussaillon, que tu aimerais monter à bord du *Scorpion*? demanda le corsaire. Ce serait sûrement la première fois...

— C'est que j... je ne connais pas la rivière, monsieur, balbutia Luc.

— Eh péquenaud, tu ne quittes jamais ta ferme?! s'irrita le corsaire.

— Peut-être un natif, suggéra Trévignon en désignant Natsic.

— Toi, l'ami, comprends-tu le français? s'enquit Davard en se tournant vers le jeune Amérindien.

— Un peu, lui fut-il répondu.

— Tu saurais guider ce navire sur la rivière pour qu'il ne s'échoue pas?

Cette fois Natsic ne comprit point.

— Ça s'annonce bien! s'impatienta le corsaire. Il n'y a personne qui parle sa langue?

Luc traduisit la requête du capitaine. Le jeune Indien répondit que oui, il connaissait les hauts-fonds et les chenaux.

— C'est parfait, commenta Trévignon, mais nous ne le comprendrons pas.

— Son ami lui servira d'interprète, décida le capitaine en posant une main puissante sur l'épaule de Luc.

— C'est que... hésita le garçon en se rétractant instinctivement à ce contact rude.

— Holà! protesta François Bertin. Il se trouve que c'est mon fils et que je ne le laisserai pas partir ainsi!

— Il sera bien traité, ne vous inquiétez pas, rétorqua Davard.

— Que craignez-vous, maître Bertin? ricana Trévignon. Nous vous le ramènerons, votre fils.

— La question n'est pas là! s'indigna monsieur Bertin. J'ai besoin de lui pour travailler aux champs.

— Assez discuté avec ces colons! se fâcha Davard.

Sa voix puissante fit taire un instant les protestations inquiètes qui couraient parmi les villageoises. Le capitaine prit Luc par le bras et l'entraîna vers le canot tandis que Trévignon, posant la main sur l'épaule de Natsic, le poussait doucement. Luc tenta d'opposer son poids à la poigne qui l'entraînait, mais il n'était pas de taille à lutter et un effort supplémentaire de Davard eut raison de sa résistance.

— Mais c'est un enlèvement! cria François Bertin.

Il fit mine de poursuivre les corsaires mais Trévignon se retourna brusquement en pointant un index menaçant.

— Vous, papa, vous allez rester ici bien sagement et faire taire maman qui s'énerve.

Madame Bertin s'énervait en effet. Elle et les autres femmes commençaient à parler fort. Mais en l'absence des hommes du village elles ne pouvaient rien contre ces corsaires qui portaient des sabres à la ceinture.

Le canot commença à s'éloigner. François Bertin, en un geste désespéré, entra dans l'eau jusqu'aux genoux et attrapa la poupe de l'embarcation. Sans douceur, Trévignon lui fit lâcher prise.

— Prenez garde, maître Bertin, ricana-t-il, vous allez vous mouiller.

Monsieur Bertin sentit sa gorge se serrer. Son fils! Allait-on lui rendre son fils? Bertin était un homme dans la cinquantaine, placide, bienveillant, qui s'efforçait d'être en bons termes avec tout le monde. Peut-être naïvement, il avait confiance en la bonté des gens. Il avait longtemps refusé de croire aux rumeurs qui couraient sur le compte du baron Davard, les attribuant à de mauvaises langues. Mais depuis ce qui s'était dit récemment, même s'il n'avait pas tout cru, le nom de Davard lui inspirait de la crainte. Et voici que son fils était emmené de force vers Granverger! Bien sûr le capitaine Davard n'était pas forcément un homme aussi redoutable que son père... C'est du moins ce que Bertin avait cru jusque-là. Mais à le voir agir aussi rudement aujourd'hui, il trouvait le fils aussi inquiétant que le père.

S'il fallait que François Bertin perdît son fils cadet, il ne s'en remettrait jamais. C'était son préféré, surtout depuis que les trois enfants nés après lui étaient morts, le plus vieux à six ans. Le père avait reporté sur Luc toute l'affection qu'il avait vouée aux défunts et il le chérissait comme un fils unique.

Benoît avait assisté à toute la scène sans émettre un son, hormis quelques éternuements. Il se rappelait avec angoisse les suppositions que lui et Luc avaient formulées cette nuit au sujet de la cruauté des corsaires. Il est vrai que Davard ignorait pour l'instant que Luc l'avait épié dans la caverne. Il n'avait donc rien à lui reprocher. Mais Benoît ne put s'empêcher de s'élancer à la suite de monsieur Bertin et de crier:

— Ne lui faites pas de mal! Il ne vous a rien fait!

— Mais à la fin! éclata Davard. Pour qui me prenez-vous? Nous ne le mangerons pas, ce garçon!

C'est ainsi que Luc se retrouva en route vers le navire des corsaires, avec sur son bras la poigne ferme du capitaine. Six heures plus tôt il avait vu ce vaisseau descendre le fleuve comme pour aller prendre la mer, et voici qu'il allait se retrouver à bord.

7

L'évasion

Le *Scorpion* avait eu le vent en poupe pour la remontée de la Paskédiac; mais ce n'avait été qu'une brise, ne gonflant les voiles que mollement. Elle avait suffi pour que le navire remontât le courant, paresseusement, mais pas pour qu'il pût rattraper les canoës partis à l'aube.

Un canot avait été mis à l'eau devant le *Scorpion,* relié par un câble à la proue du navire. Propulsé par huit rameurs, il devait aider à guider le voilier, dont la manœuvre était gênée par l'étroitesse du chenal.

Le premier affolement de Luc s'était apaisé lorsque, au moment de lever l'ancre, Davard lui avait dit:

— Écoute, garçon, tu n'as pas à avoir peur de nous. Dans quelques jours tu rentreras chez toi et tu seras plus riche que tous tes camarades. Tiens, regarde.

D'une bourse pendue à sa ceinture il avait tiré une pièce d'or et la tenait sous le nez de Luc.

— C'est un doublon, garçon.

Une pièce d'or identique à celles que Luc

avait prises dans un des sacs, dans la caverne. Lui et Benoît les avaient assez contemplées pour qu'il la reconnaisse parfaitement.

— Un doublon?

Oui, c'est la monnaie de l'Espagne et de son empire. Tout ce que tu auras à faire pour le gagner, c'est de me traduire ce que dira ton ami Indien. Et il y en aura autant pour lui. C'est moins fatigant que de pousser la charrue, non?

Luc songea que cet homme n'avait pas de raison de lui mentir. Ce n'était pas parce qu'il était corsaire qu'on devait le croire malintentionné en toutes choses. Le garçon se tranquillisa donc un peu, bien que, au vrai, il aurait préféré rester au village. Non que le fait d'être à bord d'un navire ne l'intéressât pas. C'était tout un monde à découvrir, ces mâts, ces voiles et ces cordages dont la manœuvre lui semblait si compliquée.

Natsic, surtout, semblait se divertir beaucoup de cette aventure. Il n'y avait pas grand-chose qui l'impressionnât dans la culture des Blancs, hormis peut-être les mousquets. Passer une vie à abattre des arbres pour faire pousser à leur place des herbes et des blés, cela lui paraissait absurde en plus d'être, songeait-il, mortellement ennuyeux. Mais les navires! Voilà une invention qui l'émerveillait! Ces immenses maisons qui flottaient et qu'on faisait aller où on voulait en capturant le vent, voilà qui frappait son imagination. Et encore, les vents de la mer, lui avait-on dit, étaient autrement plus puissants que ceux qui souf-flaient sur le fleuve. À quelle allure devaient filer ces navires lorsqu'il n'y avait plus de rivage pour les restreindre!

Natsic voyait bien que Luc n'était pas content d'avoir été emmené; mais il ne comprenait pas pourquoi. Ou plutôt si, il devinait un peu. Luc, et Benoît comme lui, étaient à l'image de leurs parents: attachés à une cabane enracinée dans le sol, à un lopin de terre bien délimité. Ils n'avaient pas dans le sang ce besoin de courir le pays, d'éviter l'enchaînement à un lieu fixe. Peu de Blancs l'avaient, et ceux-là étaient généralement plus amis avec les Indiens. Oh, Luc et Benoît aimaient bien, de temps à autre, s'échapper de leur bourgade et aller en forêt avec Natsic. Mais ce n'était jamais pour longtemps ni pour aller bien loin. Ils étaient presque les seuls enfants du village à le faire et, Natsic l'avait bien compris, ils s'attiraient ainsi les reproches de leurs parents. C'est cette indépendance — toute relative — que Natsic appréciait en eux, et c'est d'ailleurs pour cela qu'il éprouvait quelque amitié envers eux.

Mais aujourd'hui il éprouvait beaucoup plus d'affinité avec ces hommes aux voix sonores, aux visages tannés par le soleil, qui tentaient audacieusement de faire naviguer leur grand navire sur une si modeste rivière.

Lorsque, au déclin du jour, on dut jeter l'ancre au confluent de la Kénistchouane, Natsic estima que les canoës de Carignan ne devaient se trouver qu'à un quart de lieue en avant et qu'ils allaient s'arrêter bientôt pour la nuit. Mais un méandre de la Paskédiac empêchait de voir très loin et on ne pouvait vérifier cette supposition.

Comme l'avait prévu Sevestre, il n'était pas possible d'aller plus loin avec le *Scorpion*. Déjà sa quille effleurait la boue au fond de la rivière. Continuer aurait mené le navire à l'échouement.

Le canot fut remonté et Trévignon, qui avait dirigé les rameurs, rejoignit le capitaine sur le gaillard d'avant. C'est là que se trouvaient aussi Natsic et Luc; ce dernier écouta ce que les deux hommes se disaient.

— Eh bien, capitaine, tu comptes toujours poursuivre ces gens?

— Avec un canot, oui. Demain, dès l'aube, je partirai avec quatre hommes et les gamins.

— Pour faire quoi, si tu rattrapes les hommes de Neubourg? Ils sont une douzaine, d'après ce que Sevestre nous a dit. Sans compter une trentaine d'indigènes.

Davard était pensif. Son visage exprimait toujours la dureté, mais sa colère de ce matin était tombée. Trévignon continuait:

— Tu vas leur demander d'arrêter pour causer avec toi?

— Pour négocier, oui. Je dirai au chef de la garnison de renvoyer chez eux les Sauvages, les hommes du village et la plupart de ses soldats. Puis j'irai avec lui rencontrer mon père et il pourra lui poser les questions qu'il voudra, mais sans tous ces fiers-à-bras qui le suivent.

— Et comment le convaincras-tu de renvoyer tout ce monde à Neubourg?

— Je lui dirai que le *Scorpion* mouille en face

du hameau et que mes canons détruiront Neubourg si dans... disons dans quatre jours, le gros de l'expédition n'est pas retourné au village. C'est toi qui descendras avec le navire.

Luc frémit en entendant cela. Ses parents, ses amis, combien de blessés et même de morts y aurait-il parmi eux si le village était canonné?

— Quatre jours, dis-tu? fit Trévignon. Il faut donc que tu rattrapes ces hommes après-demain au plus tard.

Davard ne répondit pas immédiatement. Malgré sa brusquerie occasionnelle, c'était un homme pondéré, qui réfléchissait toujours avant de prendre une grave décision. Trévignon insista:

— Supposons que les hommes ne soient pas revenus dans quatre jours. Je ne saurai pas, moi, s'ils auront refusé tes conditions ou si c'est toi qui n'auras pu les rejoindre pour leur parler. Est-ce que je commencerai à bombarder quand même?

Davard hocha négativement la tête, à la surprise de Luc.

— Non, tu leur laisseras six jours. Mais j'espère surtout que ceux que je poursuis cèderont à l'intimidation. Je veux simplement éviter que ces excités ne s'en prennent à mon père.

— Tu le crois vraiment coupable de ce qu'on lui reproche?

Le capitaine haussa les épaules et répondit gravement:

— Sorcellerie, sûrement. Enlèvements... je ne sais pas. J'avoue que... je ne serais pas surpris si c'était vrai.

Et si cela se trouvait? Si son père avait effectivement commis des actes aussi révoltants? Fallait-il conclure qu'il avait été frappé de démence? C'était trop facile comme explication. Se pouvait-il que, pendant ces vingt-cinq ans où il avait vécu pratiquement isolé des Français, il se fût détaché des valeurs chrétiennes, que dans son esprit la notion du mal se fût transformée? Il y avait plus que cela, le corsaire le sentait. Alexandre Davard était conscient de ses actes, vénérant une divinité qui était une Puissance du Mal.

Le capitaine Davard lui-même n'était pas un enfant de chœur: son métier, comme celui des militaires, était brutal. Mais jamais il ne tuait gratuitement. Il était dur et violent, mais jamais cruel ou sanguinaire. Aussi désapprouvait-il les crimes de son père, si tant est qu'il fût coupable de ce qu'on lui reprochait.

Mais cet homme restait son père et il avait de l'affection pour lui, parce qu'il se sentait proche de lui. Ils étaient semblables en ce qu'ils avaient tous deux choisi l'aventure, l'indépendance, la vie en marge de la société. Certes, l'un avait préféré la forêt tandis que l'autre était resté fidèle à la mer, mais tous deux avaient adopté le Nouveau Monde, un continent et des îles encore presque inexplorés.

Le capitaine rompit le long silence qui avait régné entre lui et Trévignon:

— Moi qui devais te laisser le *Scorpion* dès que je serais à Neubourg... Je suis désolé de t'entraîner dans cette petite guerre de paysans.

— Oh, ça ne durera pas bien longtemps,

j'imagine, répondit Trévignon en souriant. Entre-temps tu es toujours notre capitaine.

Davard lui secoua amicalement l'épaule.

— Pour le moment, allons manger, dit-il. Vous venez, les mousses?

* * *

Le soleil venait de se coucher mais il ne faisait pas encore noir. Natsic, tout enthousiasmé de cette aventure, ne se lassait pas d'explorer le navire. Il l'appelait « le fort qui flotte » car pour lui cela ressemblait au fort de Neubourg, d'abord parce que le fort était la plus grande bâtisse édifiée par les Français, et aussi à cause des canons.

Bien sûr il avait vu d'autres navires passer sur le fleuve. Il en avait vu de plus près lorsqu'ils venaient s'amarrer devant Neubourg, mais la plupart de ceux-là étaient plus petits que le *Scorpion*. Et jamais il n'avait eu l'occasion de monter à bord.

Pour Luc aussi c'était la première fois, si l'on excluait sa traversée de l'Atlantique, dont il ne gardait aucun souvenir. Mais lui était moins serein car il ne pouvait s'empêcher de songer que le père du capitaine était le sorcier Davard, celui qui avait fait enlever des enfants à Granverger. Enlever... et probablement immoler. Luc se rappelait avec angoisse la conversation entre le baron Davard et le vieux chef Kwitadé... des sacrifices humains pour un mauvais esprit. Il songeait à son ami Marcellin, victime présumée de ce sorcier qui faisait planer une menace constante sur Granverger. Et voici que lui, Luc, était emmené de force vers Granverger par le fils même du sorcier. Comment ne pas être alarmé dans de telles circonstances? Il ne pouvait s'empêcher d'imaginer que le corsaire venait de capturer deux jeunes pour les livrer à son père. Certes, Luc et Natsic n'avaient été ni ligotés ni maltraités, mais comment savoir si ce n'était pas une ruse de Davard?

Puis Luc se raisonna, se dit que le capitaine n'avait rien à voir avec les crimes qu'on reprochait à son père. Mais cela n'empêchait qu'il fallait absolument livrer le sorcier à la justice. On ne vivrait en paix, à Granverger et à Neubourg, que quand Davard serait châtié. Donc Luc ne devait pas se rendre complice de celui qui voulait protéger le sorcier.

Accoudé à la rambarde, il contemplait le ciel presque violet et le moutonnement pourpre des nuages à l'ouest. Déjà sombre, la forêt commençait juste après le rivage, qui n'était qu'à quelques dizaines de mètres du navire. Luc envisageait de s'échapper à la nage lorsque la nuit serait tombée. Certes il ne savait pas très bien nager, mais enfin la distance n'était pas grande et il pourrait atteindre la berge sans trop de danger. Il lui resterait ensuite à gagner Neubourg à pied, une dure randonnée. Non qu'il risquât de se perdre: il lui suffisait de suivre la rivière. Mais il n'y avait pas de sentier et la marche à travers bois ou parmi les roches de la rive serait très fatigante. Il espérait toutefois couvrir cette distance en une journée car il n'avait pas de bagage à transporter.

Une main se posa rudement sur son épaule. Luc sursauta, croyant que son projet de fuite avait été deviné.

— Alors, moussaillon, comment as-tu aimé ta première croisière?

C'était le capitaine Davard, qui parlait avec une bonhomie un peu rude.

— Allons, ne me dis pas que tu as encore peur de moi?

Il lui montra ses mains, calleuses et puissantes.

— Tu vois, dit-il en souriant, elles ne sont pas couvertes de sang. Nous ne tuons que des marins et des soldats espagnols, parfois des Portugais ou des Anglais. C'est comme à la guerre: nous sommes adversaires, il faut bien des vainqueurs et des perdants.

Luc l'écoutait, sans oser le regarder en face car ses yeux féroces l'intimidaient.

— Vous attaquez souvent des navires espagnols? demanda Luc pour dire quelque chose.

— Souvent, ce serait beaucoup dire. Quand nous avons la chance d'en rencontrer un qu'une tempête a séparé de son escorte, nous l'abordons.

Luc crut que l'occasion était bonne de faire parler Davard au sujet de son dernier butin.

— Et dans ces cas-là, demanda-t-il, c'est profitable? On dit que ces galions sont chargés de richesses.

— Hé Hé! Très profitable, parfois! ricana le corsaire.

— Vous êtes déjà tombé sur une cargaison d'or?

— Tu es bien curieux, moussaillon, fit le capitaine en lui serrant la nuque.

Bien que Davard n'ait pas voulu lui faire mal, Luc grimaça sous la pression de ces doigts d'acier. Il crut plus prudent de ne pas insister. Mais l'homme parla de lui-même:

— Moi aussi j'étais curieux quand j'avais ton âge. J'aurais voulu voir ces pays lointains d'où arrivaient les grands navires que je voyais dans le port. Je les regardais décharger leurs cargaisons exotiques et, parfois, j'allais aider les débardeurs juste pour pouvoir toucher ces ballots qui venaient de si loin. Mais j'aimais surtout les voir appareiller, les brigantins, les caravelles, les quatre-mâts. Quand ils doublaient le môle et prenaient la mer, c'était comme si un peu de mon âme partait avec eux.

Davard se tut un instant et, tournant un peu la tête vers lui, Luc vit qu'il avait les yeux dans le vague.

— Mon grand-oncle était armateur. Chaque année ses navires allaient chercher des fourrures en Amérique. À Tadoussac, là-bas. Tu connais?

Luc avoua qu'il ne connaissait ce poste que de nom.

— Mon grand-oncle a commencé à m'emmener chaque année, raconta Davard, et mon père descendait au Saguenay exprès pour me voir. Un été il m'a emmené jusqu'à Aïténastad — car Neubourg n'existait pas encore. Mon père avait déjà construit sa maison, au-dessus du village indien, et il aurait voulu que j'y reste avec lui.

Davard rit doucement.

— Mais j'aimais trop la mer, poursuivit-il. Je lui ai dit que, quand je serais plus vieux, je viendrais peut-être me retirer sur ses terres.

Il fit une longue pause, puis continua:

— Je n'avais pas trente ans lorsque mon grand-oncle m'a nommé capitaine du *Scorpion*, qu'il venait de faire armer. Et il me l'a légué à sa mort, l'année suivante.

— C'est alors que vous êtes devenu corsaire?

— Pas tout de suite. Au début nous ne faisions qu'escorter les convois de la compagnie de mon grand-oncle. Mais en 35 j'ai eu l'occasion de secourir un vaisseau amiral français qui avait été séparé de son escadre par une tempête. C'était au large des côtes maures et il était assailli par des pirates barbaresques. Cinq chébecs, qu'ils étaient; les chébecs, ce sont les bateaux des Maures. Nous les avons attaqués et mis en fuite avec nos canons. L'amiral nous en fut très reconnaissant et il promit de m'obtenir une faveur au ministère de la marine. Alors je lui ai fait demander l'autorisation de faire la course au nom du roi. La guerre venait justement d'être déclarée contre l'Espagne, c'était l'occasion d'attaquer et de piller les galions revenant d'Amérique, chargés d'or et d'argent.

Davard adressa un regard malicieux au jeune paysan qui buvait ses paroles.

— Et voilà. La guerre n'a pas duré mais moi je suis resté corsaire pendant douze ans.

Il soupira imperceptiblement.

— Il y a plusieurs années que je me dis: lorsque je mettrai le grappin sur un vrai bon butin, le roi de France n'en verra pas un doublon. Je garderai tout pour moi et je me retirerai sur les terres de mon père.

Luc se retint de dire « Et ce butin, vous venez de le gagner, n'est-ce pas? »

— Il n'est pas trop tard pour me marier, continuait Davard. Capitaine de vaisseau, riche, je trouverai sûrement un bon parti. Et j'aurai des fils...

La main sur l'épaule de Luc, il le serra affectueusement contre lui.

— ... comme toi, moussaillon: vigoureux, éveillés. Un peu plus dégourdis que toi, j'espère. Mais ce n'est pas ta faute: les paysans élèvent leurs fils comme s'ils ne devaient jamais quitter leur lopin et leur charrue.

Le garçon fut un peu vexé. Il est vrai que, pour un corsaire qui courait les mers, la vie d'un paysan paraissait bien calme et sédentaire.

Mais les propos de Davard donnaient à réfléchir sur une autre question. Il allait être plus risqué pour Luc et Benoît de retourner dans la caverne si le capitaine s'établissait à proximité de son magot.

— Vous comptez habiter à Neubourg? demanda Luc, mine de rien.

— Je ne sais pas encore. Je vais voir comment mon père est installé à Granverger. Mais il serait plus difficile de convaincre une jeune dame de venir habiter avec moi dans ce trou. Alors ce sera peut-être Neubourg.

Luc était fort déçu. Ses chances de mettre la main sur un des sacs d'or devenaient très aléatoires. La seule occasion serait peut-être de descendre dans la caverne pendant que le corsaire serait en route vers Granverger. Il devenait donc indispensable de filer cette nuit même et de rejoindre Benoît pour préparer l'opération.

Il ne restait qu'à attendre que tout le monde fût endormi.

* * *

La nuit était noire lorsque Luc prit pied sur le pont. Accroupi au pied d'un mât il scruta longuement le pont, la dunette, le gaillard d'avant. Il ne repéra personne. Ce qui ne prouvait rien car l'obscurité était totale. Le ciel était couvert et la pluie tombait à verse.

Le capitaine Davard avait ordonné qu'aucun fanal ne fût allumé afin de ne pas révéler la présence du navire à ceux que l'on poursuivait, si par hasard ils s'étaient trouvés à camper tout près. À l'aveuglette, Luc s'approcha de la rambarde, près de l'écubier par où passait la chaîne d'ancre. Durant la soirée il avait soigneusement repéré l'endroit afin de pouvoir s'y retrouver dans le noir.

Jusqu'ici tout avait bien été. Luc avait accroché ses chaussures à sa ceinture et marchait pieds nus. Il avait pu quitter, sans réveiller les marins, le hamac qui lui avait été assigné à l'entrepont. Natsic avait continué de dormir. Luc n'avait pas cru bon de le réveiller: cette aventure semblait lui plaire. Lorsque Luc lui en avait parlé, dans la soirée, l'Amérindien n'avait pas manifesté le désir de quitter les corsaires.

Maintenant que venait pour lui le moment de se jeter à l'eau, Luc sentait redoubler son angoisse. Crainte de voir sa tentative de fuite découverte, crainte aussi de se noyer car il ne savait pas très bien nager. Il vint même près de renoncer à son projet mais il songea aux gens de Neubourg, qui devaient être prévenus du retour du *Scorpion*. Bien sûr, Davard avait recommandé à son second d'attendre six jours avant de bombarder le village. Mais si l'expédition de Carignan n'était pas rentrée à Neubourg au bout de six jours ?

C'est ce qui décida Luc. Il rassembla son courage et emjamba la rambarde. Après une manœuvre délicate il se retrouva suspendu à la chaîne de l'ancre; heureusement les maillons n'étaient pas très lisses. Il descendit ainsi, avançant une main après l'autre, les jambes croisées sur la chaîne devant lui.

Il ne voyait absolument rien. C'est seulement lorsqu'il sentit le contact glacé de l'eau au bas de son dos qu'il se sut arrivé au niveau de la rivière. La rive lui était tout aussi invisible qu'elle l'avait été du pont du navire. Luc pouvait seulement juger de sa direction d'après la position du navire et nager à l'aveuglette. Sa seule consolation était que la pluie allait couvrir le bruit de sa nage.

Tremblant, tant sa nervosité était grande, il laissa ses jambes plonger et se retrouva dans l'eau jusqu'à la taille, les mains crispées sur la chaîne. Dieu sait combien de temps il aurait pu rester là, à hésiter, s'il n'avait soudain entendu des voix. Il renversa la tête, vit de la lumière sur le pont. Et dans la zone éclairée, les silhouettes de trois hommes. D'après le ton de leur voix ils semblaient passablement agités. Luc ne put entendre tout ce qu'ils se disaient, mais les quelques mots qu'il comprit eurent raison de son hésitation: on avait remarqué son absence.

Désormais il n'avait plus le choix: si on le retrouvait, on lui mettrait des fers aux pieds et il ne pourrait plus s'enfuir. Prenant une grande respiration malgré l'oppression de sa poitrine, Luc lâcha la chaîne et se mit à nager frénétiquement. Un meilleur nageur aurait été plus silencieux. Luc attira immédiatement l'attention des marins malgré le bruit de l'averse. Des exclamations lui apprirent qu'on avait découvert sa fuite. Ses bras ramèrent avec plus de vigueur.

Mais il coordonnait mal ses mouvements et surtout il ne savait pas respirer tout en nageant, il craignait trop d'avaler de l'eau s'il ouvrait la bouche. Il fut bientôt à bout de souffle, commença à paniquer. À quelle distance se trouvait donc le rivage? Y arriverait-il jamais? Et s'il s'était trompé de direction? Si le navire avait changé de position durant la nuit, si Luc se trouvait à nager dans le sens du courant sans se rapprocher du bord?

Sur le pont du *Scorpion*, Trévignon et deux matelots prêtaient l'oreille, essayant d'identifier le clapotis qui avait attiré leur attention. Un cri étouffé leur confirma qu'il y avait quelqu'un dans l'eau entre le navire et le rivage proche. Ils ne doutèrent plus que c'était le jeune paysan qui s'enfuyait à la nage.

Ils braquèrent leur fanal dans cette direction et appelèrent, mais sans résultat. La lumière ne portait pas assez loin, voilée par la pluie. Et personne ne répondit à leur sommation. Le bruit de pataugeage continua encore durant un instant, puis se tut pour laisser place à la rumeur persistante de l'averse. Ils hélèrent à nouveau le fuyard, mais nul ne leur répondit.

Trévignon donna l'ordre qu'on larguât un des canots de sauvetage. Les deux hommes coururent vers les bossoirs, commencèrent à descendre l'embarcation. Entre-temps le capitaine Davard sortit de sa cabine, située dans le château arrière; il avait été réveillé par les appels de ses hommes.

— C'est le jeune paysan, expliqua Trévignon. Au changement de quart, Dautrec a remarqué qu'il n'était plus dans son hamac. Ensuite nous avons entendu nager par là. Puis, plus rien.

Davard scruta la nuit à son tour, essayant de percer le rideau de la pluie, mais en vain. Il éprouva un pincement au cœur. Noyé, le jeune paysan? Noyé, le blond en qui il avait vu l'image du fils qu'il souhaitait avoir? Plus d'une fois il avait vu un homme tomber à la mer, mais cette fois-ci le remords fut intense, étouffant: c'est lui qui avait forcé le garçon à monter à bord, donc lui qui était responsable de son sort.

D'une voix sombre il dit enfin:

— Remontez le canot, ça ne servirait à rien. Ou bien il s'est noyé, ou bien il a atteint la berge et nous ne le retrouverons jamais dans cette forêt, à la noirceur.

8

Sur la falaise

Au moment de couler, Luc avait senti une roche sous son pied. Avec l'énergie du désespoir il s'était donné une poussée vers le haut et l'avant. Il avait émergé assez longtemps pour prendre une bonne respiration et il s'était remis à nager.

À nouveau arrivé à bout de souffle, il avait constaté qu'il avait pied et qu'il pouvait continuer en marchant. Quelques secondes plus tard il parvenait au rivage. En se retournant il vit qu'il y avait maintenant au moins trois lumières sur le pont. Du navire on le hélait encore et il distingua qu'on était en train de descendre un des canots. Convaincu qu'on allait le poursuivre, il prit à peine le temps de se chausser et s'élança dans le bois.

Il courut, talonné par la peur, dans les ténèbres les plus opaques. Un bras tendu devant lui, l'autre ramené devant son visage, il tentait de se protéger des troncs et des branches qu'il aurait pu heurter dans le noir. Une autre angoisse s'empara de lui: après la peur de se noyer, c'était maintenant la peur de la forêt qui s'étendait sur le tiers du continent.

La raison lui commandait de cesser de courir, sans quoi il risquait de s'égarer irrémédiablement. Mais il croyait que les corsaires allaient le poursuivre et il ne voulait surtout pas tomber à nouveau entre leurs mains.

Il s'imposa un bref arrêt et prêta l'oreille. Aucun bruit ne lui parvint hormis la rumeur de la pluie dans les arbres. Nulle lumière n'était visible. Avait-on renoncé à le reprendre?

Un peu plus calme il se remit en marche vers sa droite. Il estimait qu'il finirait par rejoindre la rivière, mais très en aval de la position du *Scorpion*. Il avait beau avancer prudemment, ses pieds le trahirent. Il glissa sur une roche plate, couverte de mousse et détrempée par la pluie. Sa jambe partit en l'air comme s'il voulait donner un coup de pied à la lune et il retomba sur le dos. Sa tête heurta violemment le sol et il perdit conscience en voyant éclater devant lui une gerbe de lueurs.

* * *

C'est le soleil, brillant entre les branches d'un arbuste, qui réveilla Luc. Il cligna des yeux puis tourna la tête pour échapper à l'éblouissement. Ce mouvement réveilla une vague douleur à son occiput et il se souvint de la chute qu'il avait faite. Il se redressa en position assise. En s'appuyant sur sa main gauche il ne put retenir un cri de douleur: son poignet était extrêmement sensible, il avait dû être foulé lorsque Luc avait tenté d'amortir sa chute. Il l'examina et le trouva enflé. Mais, à l'état de repos, la foulure n'était pas trop douloureuse.

Il se leva et tenta de se situer. À son grand étonnement il vit la rivière à quelques mètres de lui, en contrebas. Il s'était réveillé pratiquement sur la berge, séparé de l'eau seulement par les quelques arbustes qui poussaient sur le talus.

L'embouchure de la Kénistchouane se trouvait loin en amont, repérable grâce à une butte plantée de grands pins qui se dressait juste au confluent. Son sens de l'orientation ne lui avait donc pas fait défaut, même dans la nuit noire.

Le soleil dépassait à peine les cimes basses et arrondies des Appalaches. Luc estima qu'il était environ cinq heures. Somme toute, s'il oubliait la douleur à son poignet, le garçon trouva que les choses allaient assez bien pour lui. La pluie avait diminué après sa fuite, le ciel s'était dégagé durant le nuit, la journée s'annonçait belle. En marchant d'un bon pas, Luc pourrait être rentré à Neubourg à la tombée du jour, même en s'accordant des périodes de repos. Bien sûr il n'aurait rien à manger. Il ne comptait pas perdre son temps à chasser ou à pêcher avec des instruments de fortune. Une journée de jeûne n'avait jamais tué personne.

Une seule ombre au tableau: Luc n'arriverait pas au village avant le *Scorpion*. Celui-ci avait dû lever l'ancre dès l'aube car le garçon ne le voyait pas au confluent de la Kénistchouane. En fait, dès qu'il eut contourné un méandre et qu'il eut vue sur une bonne longueur de la rivière, Luc aperçut le navire loin en aval.

Courageusement, Luc se mit en route.

* * *

Benoît avait pris froid dans la caverne lorsque lui et Luc avaient séjourné dans l'eau glacée, lorsqu'ils avaient subi la fraîcheur des souterrains puis la brise nocturne avec leurs vêtements trempés. Peut-être cela remontait-il même à leur première visite.

Au matin, Benoît avait la gorge un peu irritée et il éternuait. Mais malgré l'insistance de sa mère il n'était pas rentré chez lui après le départ du *Scorpion*. Il voulait profiter de l'absence des corsaires pour aller inspecter l'entrée de la caverne, côté falaise. Il espérait, ce soir ou une nuit prochaine, aller prélever la part du butin que lui et Luc avaient résolu de soustraire à Davard.

Il ne pouvait longer le pied de la falaise pour contourner le plateau car cela l'aurait contraint à passer par Aïténastad et on le lui avait strictement interdit. La situation était assez tendue au village indien après que les hommes de Neubourg eussent empêché deux Indiens de partir vers Granverger pour porter au sieur Davard un message de Sevestre.

Benoît préféra aussi éviter le manoir, où devait se trouver Sevestre. Il emprunta donc le sentier menant à la pointe aux Récifs, avec l'intention de descendre la falaise par la sente escarpée qu'on utilisait rarement.

Chemin faisant le garçon ne pouvait s'empêcher de penser à son ami Luc. Il se disait que les corsaires n'avaient aucune raison de molester les deux garçons qu'ils avaient emmenés.

Certes, le capitaine avait agi cavalièrement, mais il ne donnait pas l'impression d'être barbare ni féroce. Néanmoins, Benoît ne pouvait s'empêcher de penser aussi à ce que lui et Luc avaient imaginé la nuit dernière au sujet de la cruauté des pirates. Après tout, c'étaient des brigands.

Il pouvait simplement espérer que son ami reviendrait sain et sauf de cette aventure où il avait été entraîné. Ou qu'il parviendrait à s'échapper du navire.

Benoît arriva enfin à la pointe aux Récifs. Il trouva assez facilement l'amorce du sentier qui descendait le long de la falaise. Mais il hésita un bon moment avant de s'y aventurer tant le chemin était vertigineux.

Il se décida finalement, rassemblant tout son courage, et se mit à descendre le sentier à peine tracé. Il s'accrochait à tout ce qui pouvait le sauver en cas de chute: roches, arbustes, broussailles même. En contrebas, à sa droite, des vagues battaient les rochers au pied de la falaise.

Les deux premiers tiers de la descente furent difficiles. Ensuite Benoît arriva à l'éboulis. Si la marche parmi ces grosses roches était un exercice plus compliqué, du moins était-ce moins vertigineux.

La grotte s'ouvrait quelque part dans les environs. Toutefois Benoît avait peine à retrouver l'endroit exact. Si ses souvenirs étaient justes, il y avait tout près un buisson rabougri, qui avait pris racine dans un peu de terre entre deux roches. Mais il ne trouvait pas. Au vrai, il n'avait vu le site qu'une seule fois, lorsque Luc et lui étaient sortis de la caverne après leur première visite. Maintenant la disposition des lieux lui paraissait différente, et pourtant ce ne pouvait être ailleurs.

C'est seulement au bout d'une heure qu'il découvrit la grotte. Pas étonnant qu'il l'eût tant cherchée: elle était maintenant masquée par un arbuste et des broussailles qui n'y étaient pas auparavant. Benoît se pencha pour examiner le sol. Il trouva la terre meuble et plus noire que celle, sèche et sablonneuse, qu'on voyait ailleurs entre les roches de l'éboulis. Sans doute le capitaine Davard l'avait-il fait apporter là pour y transplanter l'arbuste qu'il avait fait déterrer, racines comprises, dans la forêt au fond de l'anse.

C'était sans doute à cela que les corsaires s'étaient occupés pendant si longtemps, après être sortis de la caverne. Luc et Benoît avaient été intrigués de voir leurs lumières rester là et être graduellement voilées. Ils avaient en fait assisté au camouflage du trou.

Un sifflement plaintif et un bruit sec sur un rocher proche firent sursauter Benoît. Simultanément une détonation éclatait, venant de la grève. Il se retourna vivement, pour voir là-bas un homme qui le visait avec un pistolet tenu à bout de bras. Le garçon se jeta à plat ventre au moment où partait un second coup de feu. Heureusement ce genre de pistolet à deux coups, servant lors des abordages, n'était conçu que pour tirer de près. À longue distance il n'avait aucune précision.

« Vindieu! je l'avais oublié, celui-là » pensa Benoît. C'était Hasold, le matelot à qui Davard avait ordonné de surveiller l'Anse-au-Breton. Plus tôt ce matin, Benoît avait bien vu que cet homme était resté à terre et qu'il était parti avec Sevestre. Mais, pas plus que les autres villageois, il n'avait compris la mission qu'on lui donnait.

C'était un homme assez laid. Non à cause de sa barbe mal rasée, puisque les paysans n'étaient jamais bien rasés eux non plus. Mais il avait le nez busqué et sa peau ravagée faisait songer à une éponge.

Benoît, qui fréquentait les soldats du fort, savait que les pistolets tiraient au plus deux coups et qu'ils étaient longs à recharger. Il se releva donc et s'enfuit parmi les rochers, tandis que le corsaire se mettait à blasphémer et lui criait de revenir.

Hasold s'engagea à son tour dans l'éboulis, montant par le même chemin qu'il avait pris la nuit précédente en compagnie des autres corsaires. Mais il boitillait; certes ce n'était pas au point de se déhancher, mais cela l'empêchait quand même de rattraper le gamin.

Celui-ci bondissait comme un écureuil, de roche en roche, et il eut bientôt rejoint le sentier qui escaladait la falaise. Il y monta aussi vite que le lui permettait la prudence. Deux fois encore le corsaire tira des coups de feu. Mais Benoît n'entendit même pas les balles siffler près de lui, tant le tir était imprécis.

Il n'en était pas moins affolé et c'est à bout de souffle qu'il atteignit le sommet de la falaise.

Un bref regard vers en bas lui apprit que le corsaire n'était pas monté plus haut que la grotte. Il levait vers Benoît un visage furieux qui n'en était que plus laid à voir.

Le garçon s'en fut dans la forêt, marchant vite, courant parfois, convaincu que ce brigand l'aurait étranglé s'il avait pu le rattraper. Lorsque Benoît rentra chez lui il était épuisé et il dut se mettre au lit tant sa tête tournait.

* * *

Le *Scorpion* avait jeté l'ancre devant Neubourg durant l'après-midi mais personne n'avait quitté son bord. François Bertin s'en était approché en barque pour réclamer des nouvelles de son fils mais Trévignon lui avait répondu qu'il n'était pas à bord, que Davard avait continué la remontée de la rivière avec ses jeunes guides. On imagine bien que monsieur Bertin était mécontent et fort inquiet, mais il n'y avait pas grand-chose qu'il pût faire contre les corsaires et leur trois-mâts.

Pour sa part, Trévignon avait été étonné d'apercevoir quelques hommes et adolescents dans le village. Il croyait, comme Davard, que tous étaient partis vers Granverger avec Carignan et le capitaine Latour. Apparemment Sevestre les avait mal informés. Et encore Trévignon n'apercevait-il que la moitié des hommes restés à Neubourg, puisque l'autre moitié surveillait les Indiens d'Aïténastad.

Le corsaire vit bien que Sevestre s'était rendu sur le bord de la rivière en début de soirée, avec peut-être l'intention de venir lui parler. Mais les villageois refusèrent de lui prêter la barque et il se retira devant leur hostilité. Trévignon ne jugea pas à propos d'aller lui-même à terre pour converser avec l'intendant du baron Davard. Il le considérait comme un bien piètre informateur, sinon un menteur.

Le lendemain matin le lieutenant Vincelot vint avec deux soldats, en barque, et exigea de monter à bord du *Scorpion*. Trévignon ne refusa point car son capitaine lui avait dit vouloir rester en bons termes avec les autorités civiles et militaires de la colonie.

Trévignon était un homme pas très grand, avec des yeux pâles et des cheveux clairs, d'une teinte indéfinie, séparés au milieu et retombant de part et d'autre de son visage chafouin. Il reçut le lieutenant de la garnison dans la cabine du capitaine Davard. Il se montra poli et lui offrit même du rhum.

— Ce n'est pas une visite de courtoisie, lui répondit Vincelot.

— Eh bien, parlez, je vous écoute, dit le corsaire en s'asseyant derrière la table qui servait de pupitre.

— Hier soir, un des garçons que vous aviez enlevés est revenu au village.

«Il est revenu!» s'étonna intérieurement le corsaire. «Nous qui le croyions noyé ou égaré dans la forêt!» Il se réjouit de la nouvelle, mais surtout parce que la disparition du jeune paysan aurait chargé le capitaine Davard de graves responsabilités.

— «Enlevé»! reprit Trévignon à voix haute.

Le terme est un peu fort: nous entendions le payer pour ses services s'il n'avait décidé de partir si tôt.

— D'après les témoins, vous l'aviez emmené contre son gré. Et il a dû s'enfuir au péril de sa vie.

— Vos témoins ont faussé la vérité: c'était le père et la mère qui voulaient le retenir. Et à aucun moment nous n'avons mis sa vie en péril.

— Je vois bien que vous n'admettrez pas vos torts de ce côté, s'impatienta Vincelot. Aussi j'en viens à mon propos.

— Je vous en prie, répondit le corsaire, qui faisait pivoter sous son index un poignard dont la pointe était plantée dans le bois de la table.

Un sourire goguenard flottait sur ses lèvres minces.

— Ce garçon a entendu les ordres que vous a donnés le capitaine Davard, déclara le lieutenant.

— Par exemple? demanda Trévignon, commençant à regretter que Luc fût revenu sain et sauf.

— Davard vous a dit de bombarder Neubourg si dans cinq jours n'étaient pas revenus les volontaires qui accompagnent le capitaine Latour.

— C'est parfaitement faux, riposta le corsaire.

Ce disant il ne mentait qu'à demi. Car ce que Luc n'avait pas su, c'est que plus tard dans la soirée Davard avait reparlé à son second. Il lui avait dit de ne pas tirer un seul coup contre Neubourg, que l'expédition de Carignan revînt ou pas. Ayant réfléchi à la question, Davard s'était dit qu'il serait vain de s'en prendre à ces villageois sous le seul prétexte qu'ils en voulaient à son père. Il espérait simplement que Carignan et ses compagnons céderaient à son chantage et rentreraient pour éviter le bombardement de Neubourg.

Les ordres les plus récents étaient donc que Trévignon allât mouiller l'ancre en face de Neubourg et y attendît le retour de son capitaine sans rien faire.

— Vous niez ce que Luc Bertin nous a rapporté? s'irrita Vincelot.

— Il aura mal compris une conversation qu'il aura entendue. Ou plus simplement, il a inventé tout cela pour se rendre intéressant, pour jouer les héros. Mon capitaine et moi parlons souvent breton entre nous; ce garçon n'aurait donc pu comprendre, de toutes façons.

— Et qui me dit que ce n'est pas vous qui mentez, plutôt que Luc Bertin?

Le corsaire haussa les épaules et écarta les mains.

— Dans cinq jours, vous verrez bien que je ne bombarde pas votre patelin.

— Vous ne le bombarderez pas, en effet, car vous ne serez plus en rade.

— Vous allez nous couler avec les canons de votre fort? railla Trévignon.

— Je le pourrais, notez bien, rétorqua sèchement le lieutenant. Mais j'entends plutôt vous sommer de lever l'ancre et d'aller mouiller ailleurs.

— Où, par exemple?

— Sur le fleuve, pour que le village soit hors de portée de vos canons.

— J'ai ordre d'attendre mon capitaine ici.

— Et moi, rétorqua Vincelot en haussant le ton, en tant que commandant du fort de Neubourg je vous donne l'ordre de mettre les voiles.

— Mon capitaine sera de fort méchante humeur s'il ne trouve pas son vaisseau ici à son retour. Il va croire que j'ai usurpé le commandement et que je suis parti avec le *Scorpion*.

— Lorsque Davard reviendra, se fâcha Vincelot, le *Scorpion* sera par le fond si vous ne partez pas dans l'heure. J'ai fait pointer sur vous les canons du fort et ils tonneront dès mon retour si je ne vous vois pas mettre les voiles.

Un silence hostile régna entre les deux hommes. Mâchoires serrées, yeux brillants de colère, pour peu on aurait vu des étincelles jaillir entre eux. Mais le capitaine Davard avait recommandé à son second de ne rien faire qui pût indisposer les autorités locales. Aussi Trévignon céda-t-il.

— C'est bien. Nous irons jeter l'ancre le long de la rive sud, quelque part en amont de Neubourg.

Il déroula une carte qui était sur la table et fit semblant de l'examiner. En fait il avait déjà choisi le prochain mouillage du *Scorpion*.

— Tenez, fit-il. Nous mouillerons en face de cette pointe... Pointe-aux-Récifs.

Ainsi pourrait-il surveiller l'Anse-au-Breton et la grotte dans la falaise.

* * *

C'était un risque que le capitaine avait pris
en confiant aux matelots du *Scorpion* la garde
de son trésor. Déjà le lendemain de la capture
du butin une mutinerie avait éclaté à bord. Elle
avait été réprimée sans pitié et Davard n'avait
gardé que les matelots qui lui étaient restés
fidèles. Chacun avait reçu une part généreuse
de la capture, mais leur loyauté dépendait aussi
du respect et de la crainte qu'ils vouaient à leur
capitaine. C'est pourquoi le débarquement du
trésor et son transport dans la caverne s'étaient
déroulés sans anicroche. Son autorité et celle
de Trévignon assuraient Davard que le *Scorpion* ne partirait pas avec les sacs d'or en
son absence. Et il avait toute confiance en
Trévignon.

Dès que le *Scorpion* jeta l'ancre au large de
la Pointe-aux-Récifs, Trévignon fit descendre
un canot et se fit mener à l'Anse-au-Breton.
Comme il n'apercevait Hasold ni sur la grève
ni à proximité de la grotte, il songea à le chercher près des ruines de la cabane, où il était
censé camper. Effectivement il le trouva là,
mais un peu ivre, car l'intendant Sevestre lui
avait fourni de l'eau-de-vie.

Trévignon était mécontent et il le fut encore
plus lorsque Hasold lui avoua qu'un gamin
avait fureté autour de la grotte l'avant-veille.

— Tu es sûr qu'il n'est pas entré dans la
grotte?

— Certain! affirma Hasold. Peut-être qu'il
n'a même pas vu le trou.

— Tu penses cela?

— Peut-être bien qu'il venait de découvrir le trou quand je l'ai aperçu, mais je suis sûr qu'il n'a pas eu le temps même d'y entrer la tête.

Trévignon saisit le matelot par les pans de son gilet et le secoua d'importance.

— Quelle sentinelle tu fais! Tu étais censé empêcher quiconque d'*approcher* même de la grotte.

— Il n'est pas venu par la grève, protesta Hasold. Est-ce que je savais, moi, qu'on pouvait descendre par la falaise?

— Et ce gamin, tu te souviens de l'avoir vu au village?

— Oui, un petit brun de douze ou treize ans.

— Comment l'as-tu éloigné?

— J'ai tiré.

— Crétin! s'emporta le second. On n'a pas assez d'ennuis avec ces paysans, tu veux nous mettre à dos tout le village en canardant les gamins?

Trévignon le secoua deux fois plus fort. Puis il le planta là et fit quelques pas, les mains derrière le dos. Par dépit il donna un coup de pied dans un des rondins de la cabane en ruine. Le bois pourri céda.

— Et ça s'est passé avant-hier matin? demanda-t-il. Le militaire ne m'en a pas parlé tantôt; c'est signe que le gamin n'a pas raconté l'affaire à ses parents. Tant mieux.

Hasold et les autres matelots le regardaient se parler à lui-même.

— Mais qu'est-ce qu'il faisait là? Est-ce qu'il connaissait déjà la grotte? C'est possible, les

122

gamins furètent partout. Mais alors il se dou-
tera peut-être qu'il y a quelque chose de caché
là puisqu'elle est gardée.

Il se tut un instant, continuant de faire les
cent pas.

— Ce n'était pas une si bonne cachette, après
tout, dit-il enfin.

La fidélité de Trévignon envers son capitaine
était au-dessus de tout soupçon. S'il avait eu
un autre que lui comme second, Davard ne se
serait jamais éloigné en le laissant, avec l'équipage, à portée du trésor. Ayant pour sa part eu
droit au quart de la capture, il n'était pas venu
à l'idée de Trévignon de s'emparer du butin de
son capitaine. Il entendait protéger les biens
de Davard comme il aurait protégé les siens
propres

Dans quelques jours, quelques semaines au
plus, Trévignon serait propriétaire et capitaine
du *Scorpion*: Davard le lui avait promis depuis
des mois. Le capitaine considérait Trévignon
comme un associé plus que comme un second.
Et surtout comme un ami. Au nom de cette amitié il lui avait demandé de prolonger un peu
l'escale du *Scorpion* à Neubourg. L'équipage
méritait bien un repos, ayant dû fournir un
effort exceptionnel depuis plusieurs semaines
parce qu'il était réduit en nombre. Cette relâche leur permettrait de se consacrer, sans
trop se fatiguer, à de petits travaux d'entretien
et de réparation à bord du vaisseau. Lorsque
Davard reviendrait et autoriserait Trévignon
à partir, le *Scorpion* serait fin prêt pour affronter la haute mer.

* * *

Quelques heures après que le *Scorpion* eût levé l'ancre, Luc était allé voir son jeune ami. Benoît était alité; il avait agi fort peu sagement l'avant-veille en allant courir alors qu'il se savait enrhumé. Maintenant il avait la fièvre et son mal ne cessait d'empirer.

Luc lui raconta qu'il était allé ce matin faire un tour du côté de l'Anse-au-Breton.

— Tu as aperçu l'affreux? demanda Benoît en parlant de Hasold.

— J'ai vu où il s'est installé, répondit Luc. Il campe tout contre la cabane en ruines, au fond de l'anse. Mais ça ne nous sert à rien de savoir cela.

— Pourquoi? demanda Benoît d'une voix faible.

— Parce que le *Scorpion* est allé jeter l'ancre à deux encâblures de la Pointe-aux-Récifs. Il commande l'entrée de l'anse et toute la falaise. Ça signifie que personne ne peut approcher de la grotte sans être vu par les corsaires.

— Il reste le puits, suggéra le jeune malade. Tu pourrais descendre par là.

— Avec moi poignet foulé! s'exclama Luc en montrant son bandage d'un blanc douteux. De toute façon je ne descendrais pas là-dedans tout seul, c'est trop dangereux, et tu n'es pas en état de m'accompagner.

— Alors? demanda plaintivement l'enrhumé.

— Alors il faudra attendre, répondit Luc en haussant les épaules avec fatalisme.

9

Le retour du corsaire

Comme plusieurs hommes à bord du *Scorpion*, Natsic avait été réveillé par l'agitation qu'avait causée la fuite de Luc. Lorsque le jeune Amérindien était monté sur le pont, Davard avait cru sage de lui dire que Luc s'était rendu à la rive sain et sauf. En effet, si on lui avait avoué que le fugitif s'était peut-être noyé, Natsic en aurait sûrement voulu aux corsaires et sans doute aurait-il refusé de leur servir encore de guide.

Natsic ne s'inquiéta donc pas trop du sort de son compagnon: il était certain que Luc ne tenterait pas de marcher en forêt à la noirceur. Au matin il ne courait aucun risque de s'égarer en retournant à Neubourg le long de la rivière.

Ayant quitté le *Scorpion* au confluent de la Kénistchouane, Davard et quatre rameurs avaient continué la remontée en canot. Mais le canot était conçu pour la haute mer, non pour la rivière, de sorte que les corsaires n'avaient pu combler leur retard. Ils avaient même perdu ce qu'ils avaient regagné grâce aux voiles du

Scorpion. Les portages, surtout, avaient été difficiles, même s'il y en avait peu à faire. L'embarcation était bien plus lourde que les canoës d'écorce et les marins n'avaient pas l'habitude de ce genre d'exercice.

Un soir, à l'endroit appelé «les chutes du Diable», il devint impossible de continuer en canot. Le capitaine et son groupe couvrirent encore une demi-lieue à pied avant de s'installer pour la nuit. Sachant qu'il lui suffisait de longer la petite rivière pour parvenir à Granverger, le corsaire n'avait plus besoin de guide. Son intention était de renvoyer Natsic auprès du canot le lendemain matin, tandis que lui et ses hommes partiraient à pied vers le hameau.

Durant la nuit on entendit au loin, très loin, de nombreux coups de feu. Une vraie bataille devait se dérouler à Granverger car la fusillade dura longtemps. Le capitaine aurait voulu aller se rendre compte immédiatement mais il faisait vraiment trop noir pour marcher en forêt. Toutefois, dès que l'aube commença à éclaircir le ciel, il se mit en route avec ses matelots.

Natsic n'était pas très intéressé à aller poireauter auprès du canot. Lui aussi était inquiet de savoir ce qui avait pu se passer à Granverger durant la nuit. Aussi, après avoir durant quelques minutes marché sans hâte en direction des Chutes-du-Diable, il fit demi-tour et entreprit de rattraper les corsaires.

Lorsqu'ils furent en vue il entreprit un grand détour en s'enfonçant dans le bois. Agile, aguerri, il marchait en forêt plus vite que les marins et il finit par les devancer sans être vu d'eux.

Il se rendit directement à la clairière d'Aïtétivché, préférant éviter le hameau de Granverger car il se doutait que ces jours-ci les Français étaient plutôt hostiles aux Abénaquis,
alliés de Regard du Diable.

Il atteignit Aïtétivché bien avant les corsaires. Les sous-bois saccagés, l'herbe de la clairière foulée, maculée de sang, témoignaient
d'une violente bataille. Dans le cercle sacré les
feux étaient éteints, mais les ruines du manoir
seigneurial fumaient encore. Il n'en restait que
les fondations et un chaos de poutres calcinées;
seule une tour, ses pierres noircies par la
fumée, se dressait à peu près intacte.

La clairière n'était pas déserte: les gens d'Assiribiak et leurs alliés s'affairaient à relever
leurs blessés et à emporter leurs morts. Leur
macabre tâche achevait mais il restait encore
assez de corps pour donner une idée de l'importance du massacre.

À l'orée de la clairière Natsic rencontra un
sorcier, un homme assez jeune, qui était l'ami
de son père et qui le reconnut. Souwité avait
été touché d'une balle au gras de la cuisse, mais
comme sa blessure n'était pas grave il s'affairait vaillamment à soigner ceux qui étaient plus
mal en point.

Il raconta à Natsic ce qui s'était passé durant
la nuit. Comme à chaque solstice d'été, une
grande célébration avait eu lieu dans la clairière sacrée d'Aïtétiché, devant le manoir du
baron Davard. Autour de grands feux on chan-
tait et on dansait jusqu'à épuisement tandis
que, dans une caverne sous la clairière, les sor-

ciers accomplisaient des sacrifices rituels. Cette cérémonie dédiée à Manitaba, l'esprit du Mal, était particulièrement sanglante.

Au milieu de la nuit les Abénaquis et leurs invités des tribus voisines s'étaient trouvés encerclés, attaqués par surprise. Les mousquets des Français et les flèches d'un parti de Montagnais avaient fait un véritable massacre. La bataille était devenue encore plus féroce lorsque les Abénaquis avaient enfin pu organiser une défense.

Un certain nombre de Français avaient investi les souterrains, y piégeant la plupart des sorciers. Quelques-uns, dont Souwité, avaient pu s'enfuir; mais lui seul avait échappé aux soldats qui les canardèrent à la sortie. Dans la caverne, tous les sorciers, y compris Regard du Diable, avaient péri aux mains des Français.

Devant le champ de bataille, Natsic médita, bouleversé. Comment pareille tragédie avait-elle pu se produire? Le capitaine Latour et Jean-Loup Carignan n'auraient pas dû s'adjoindre les paysans, fanatisés par leur haine envers le baron. Certes les plus grandes fautes étaient du côté de Regard du Diable et des sorciers indiens qui s'étient associés à lui. Et les Abénaquis d'Assiribiak avaient eu tort de se laisser entraîner dans un culte sanguinaire qui était étranger à leurs mœurs. Mais il y avait plus: si en ce lieu s'étaient déchaînées les pires passions humaines, haine, vengeance, cruauté, c'était parce que Aïtétivché était sous l'influence d'un esprit malin.

Des éclats de voix attirèrent l'attention de

Natsic. Un groupe de Blancs arrivait à la clairière et une réaction hostile se manifestait parmi les quelques Abénaquis encore présents. Natsic s'empressa d'intervenir pour éviter que le sang ne soit à nouveau versé. Il avait reconnu le capitaine Davard et ses matelots. Il expliqua que le corsaire était le fils de Regard du Diable, que lui et ses hommes avaient fait leur possible pour rattraper Latour, Carignan et leur parti afin d'empêcher l'affrontement.

On n'avait aucune raison de mettre en doute les paroles de Natsic, aussi l'hostilité des Abénaquis se calma-t-elle. Davard était surpris de la présence du garçon, qu'il avait renvoyé vers le canot. Mais lorsqu'il lui demanda des explications, ce fut sur ce qui s'était passé durant la nuit; Natsic lui exposa ce que Souwité lui avait raconté.

Souwité accepta de conduire le capitaine à l'entrée des cavernes, d'où l'on achevait d'évacuer les dépouilles des sorciers. Le capitaine y descendit avec un seul de ses hommes. Lorsqu'ils remontèrent ils étaient très pâles, mais ils ne dirent rien. Ils portaient le cadavre du baron Alexandre Davard.

Près du manoir, une remise servant aussi d'étable avait échappé à l'incendie. Les marins y trouvèrent pioche, bêche et quelques outils. Arrachant des planches aux cloisons intérieures de la cabane, ils fabriquèrent un grossier cercueil pour le baron. Puis ils s'engagèrent dans la forêt; le capitaine, marchant en tête, cherchait un site pour l'inhumation. Cet endroit enfin choisi, entre Granverger et les ruines du manoir, on y creusa la tombe du sorcier.

Entretemps Souwité avait prévenu Natsic que, parmi les derniers blessés à avoir été retrouvés dans les sous-bois, on avait reconnu Salaïé, un jeune guerrier qui était son cousin. Natsic s'offrit pour aider à transporter le blessé jusqu'au village d'Assiribiak. Il courut d'abord prévenir le corsaire que lui et ses hommes devraient rentrer seuls à Neubourg car il allait rester à Assiribiak pour prendre soin de son cousin.

— La descente de la Paskédiac est très facile, assura-t-il au corsaire dans un français hésitant.

Davard se fâcha et Natsic crut plus prudent de filer sans demander son reste. Mais le corsaire lui lança une pièce d'or et le remercia, car il était fidèle à ses engagements.

Puis le corsaire retourna auprès du cercueil de son père et regarda en silence ses marins creuser la tombe.

* * *

Il se passa neuf jours entre le départ du capitaine Davard et son retour de Granverger. Pendant ce temps le poignet de Luc guérit lentement. Mais la grippe de Benoît empira au point que les parents craignirent de le perdre. Sa fièvre était terrible, il respirait avec la plus grande difficulté et toussait à se déchirer la gorge.

Luc vécut des moments d'anxiété aussi pénibles que les Vignal car Benoît lui était plus cher qu'un frère. Il n'osait songer à la mort de son ami; ç'aurait été pour lui une épreuve cruelle.

Il tentait de se distraire en pensant à ses récentes aventures. Souvent il sortait de sa poche son doublon, celui qu'il avait rapporté de la caverne. Il aimait le contempler, le tourner et le retourner entre ses doigts. Pris dans un des sacs de cuir, cet échantillon avait valeur de symbole. À lui seul il représentait tout le trésor du *Scorpion,* cet or et cet argent ramenés de Nouvelle-Grenade et de Nouvelle-Espagne après tant d'aventures.

Pour Luc ce doublon était comme un acompte sur la part du butin qu'il entendait prélever avec Benoît. Si Luc parvenait à mettre la main sur un peu de l'or du corsaire, alors il pourrait engager quelqu'un pour travailler la terre à sa place. Il pourrait même devenir seigneur lui-même. Les seigneurs ont tout leur temps à eux et Luc ne serait plus enchaîné à ses champs.

Mais il s'agissait d'abord de retourner à la caverne où était caché le trésor. À mesure que passaient les jours, il semblait de plus en plus improbable qu'on pourrait y aller en profitant de l'absence du capitaine Davard. Encore eût-il fallu que Benoît fût en mesure de le faire. Pour l'heure il n'était même pas assuré que le garçon survivrait.

Il survécut cependant; après de longues journées d'angoisse, les parents et les amis de Benoît purent espérer qu'il se remettrait de sa maladie. Il avait une constitution vigoureuse et une résistance étonnante pour son âge.

Le jour où Davard revint de Granverger, on pouvait considérer que Benoît était hors de danger.

* * *

Luc avait passé une journée harassante aux champs, sous un soleil implacable. Après souper il était allé chez les Vignal pour prendre des nouvelles de son ami. Benoît toussait encore beaucoup mais sa respiration s'était améliorée et sa fièvre avait nettement baissé. Bien qu'il fût encore pâle et amaigri on voyait que son moral remontait.

Lui et Luc conversèrent un moment.

— L'affreux est-il revenu au village? demanda Benoît.

L'affreux, c'était le matelot qui montait la garde près de la grotte, à l'Anse-au-Breton; les garçons ignoraient qu'il s'appelait Hasold. Il était venu à Neubourg une semaine auparavant, s'informant d'un garçon nommé Benoît Vignal. Peut-être voulait-il enquêter discrètement; il n'y avait pas réussi, en tout cas. Dans ce hameau d'une quarantaine d'habitants un étranger ne pouvait passer inaperçu, surtout s'il était reconnu comme un des corsaires du capitaine Davard. On s'était méfié dès qu'il avait commencé à poser des questions sur les gamins de Neubourg, et on lui avait carrément dit non lorsqu'il avait demandé à voir Benoît Vignal. On se rappelait trop bien comment son capitaine, trois jours plus tôt, avait enlevé Luc Bertin.

Hasold avait donc été éconduit et on lui avait recommandé de ne plus revenir au village. Personne, bien sûr, n'avait compris pourquoi il voulait voir le jeune Vignal; sauf Benoît lui-même, lorsque Luc lui en avait parlé.

— Il voulait sûrement vérifier si c'est sur moi qu'il avait tiré à l'Anse-au-Breton. Il n'est pas revenu?

— Non, mais je l'ai aperçu qui rôdait à l'orée de la forêt, pendant que je travaillais aux champs. Mon frère Imnestre était là, il a dit que demain il apporterait son mousquet pour tirer sur lui s'il se montrait à nouveau.

— L'affreux a sûrement dit aux autres corsaires qu'il m'avait vu devant la grotte. Se doutent-ils que nous connaissons la cachette du trésor?

Luc haussa les épaules, soucieux.

— Je ne sais pas. Pourtant l'affreux a bien vu que tu n'étais pas entré dans la grotte, n'est-ce pas? Et ils ont dû aller vérifier que le butin était intact.

— Qu'est-ce qu'ils feraient s'ils savaient que nous connaissons la cachette? s'inquiéta Benoît.

— Ne t'en fais pas, ils n'oseront pas s'en prendre à nous. Tu as vu comment ils ont cédé quand le lieutenant Vincelot les a sommés de lever l'ancre?

Luc avait posé la main sur l'épaule de son ami pour le rassurer. Mais en lui-même il n'était pas aussi tranquille. L'enjeu était tel que les corsaires pouvaient se montrer téméraires pour protéger leur butin.

Madame Vignal vint prier Luc de laisser le malade se reposer. Il souhaita donc bonne nuit à son ami et sortit.

La maison des Vignal était bâtie à l'angle de la rue principale (la seule) et du chemin menant à la rive. Luc pensait aller s'asseoir un moment au bord de l'eau avant de rentrer se mettre au lit.

L'astre du jour était sur le point de se coucher; c'était l'heure où les couleurs s'avivent sous les rayons obliques du soleil. Dans la plaine marécageuse qui s'étendait de l'autre côté de la Paskédiac, quelques arbres se dressaient, leur feuillage comme des gerbes de verdure éclatante.

Luc vit simultanément le canot qu'on venait de tirer sur la grève et l'homme qui marchait vers lui. S'il ne les avait aperçus plus tôt, c'est qu'il avait fait quelques pas la tête baissée. Maintenant il ne pouvait plus reculer: l'homme qui venait vers lui l'avait reconnu et le dévisageait sans sourciller. C'était le capitaine Davard.

— Je te croyais noyé, lui dit le corsaire lorsqu'il fut à quelques pas de Luc.

Le garçon remarqua sur son visage une expression différente de celles qu'il lui avait connues. Sombre, d'abord; grave. Mais plus dur que triste. Comme chez quelqu'un qui se durcit contre le malheur et songe plus à la vengeance qu'aux larmes. Il avait troqué son pourpoint vert et son tricorne à panache pour la veste noire qu'il portait la première fois que Luc l'avait vu, dans la caverne.

Le garçon ne répondit pas à la remarque du capitaine, ne sachant pas à quel point celui-ci avait été fâché de sa fuite.

— Où est parti mon navire? lui demanda le capitaine.

— Le commandant du fort lui a interdit de mouiller devant Neubourg.

— Je te demande où il est? insista sèchement le corsaire.

— Près de la Pointe-aux-Récifs, répondit Luc en reculant un peu, instinctivement.

Le capitaine tourna le dos au garçon sans lui dire un mot de plus. Il rejoignit ses quatre matelots sur la grève et leur ordonna probablement de rejoindre le *Scorpion* car ils poussèrent le canot à l'eau et se mirent à ramer vers le fleuve. Ensuite Davard revint vers Neubourg, passa devant Luc sans un regard pour lui et s'engagea sur le chemin qui traversait le hameau.

Le garçon le regarda aller dans la pénombre du crépuscule, un peu voûté mais toujours impressionnant par sa carrure. Il marchait d'un bon pas, la foulée ample et résolue. Il n'aurait pas fallu que quiconque se mît en travers de son chemin.

Cependant des villageois avaient remarqué son arrivée et deux d'entre eux eurent le courage de l'interpeller. C'étaient Joseph Vignal et François Bertin.

— Que s'est-il passé à Granverger, capitaine? demanda monsieur Bertin sur un ton indiquant qu'il ne lui pardonnait pas d'avoir emmené de force son fils Luc.

Le corsaire se contenta de le regarder sans s'arrêter de marcher. Peut-être remarqua-t-il un changement de ton depuis leur première conversation; il eut l'ombre d'un sourire ironique. Mais il ne répondit point.

Joseph Vignal fut plus agressif; il n'avait pas la pondération de monsieur Bertin, plus âgé de vingt ans.

— On vous parle, capitaine Davard! lança-t-il sur un ton cinglant. On vous demande ce qui est advenu de nos gars partis à Granverger?

Vignal s'était planté devant lui, un homme courtaud mais robuste, le visage rond mais le menton avancé. Davard s'immobilisa, le toisa hostilement, avec un soupçon de mépris, comme un importun. Il ne répondit pas. Il fit mine de passer son chemin.

Vignal le retint par le bras. Un murmure courut parmi les quelques personnes qui observaient la scène.

— Je t'ai posé une question, flibustier!

C'était téméraire. Très imprudent. Vignal le comprit dès que le corsaire dégaina son sabre. Il jugea plus prudent de battre en retraite. Mais le seul regard de Davard, courroucé, féroce, aurait suffi à lui faire lâcher son bras. Il y avait dans ces yeux une lueur de meurtre.

Le sabre au clair, Davard traversa Neubourg sans dire un mot, puis s'engagea sur le chemin qui menait au manoir de son père sur le plateau. Au silence qui l'accompagnait succéda un concert de voix discutant à qui mieux mieux sur ce qui avait pu se passer à Granverger. L'inquiétude était telle, parmi les villageois, que deux hommes décidèrent de remonter la Paskédiac le lendemain dès l'aube.

Après avoir passé neuf jours dans l'anxiété, Neubourg était maintenant en complet désarroi.

* * *

Généralement Luc s'endormait dès qu'il se couchait, fatigué qu'il était par une journée de travail au grand air. Ce soir-là il ne lui semblait pas avoir dormi longtemps lorsqu'il fut réveillé par des éclats de voix au rez-de-chaussée. Il eut l'impression que plusieurs personnes entraient dans la salle qui servait à la fois de cuisine et de séjour.

Luc s'étendit à plat ventre sur le plancher de sa mansarde et colla son œil à la fente entre deux planches. Il comprit vite que certains des hommes partis neuf jours plus tôt pour Granverger venaient tout juste de revenir à Neubourg. Tout le hameau s'assemblait chez les Bertin pour entendre les nouvelles qu'ils apportaient. Monsieur Bertin étant le doyen des colons de Neubourg et sa maison étant l'une des plus grandes, c'était généralement chez lui qu'avaient lieu de telles réunions.

La fente ne permettait pas à Luc de voir lesquels des hommes venaient d'arriver au village mais il reconnut vite les voix du capitaine Latour et de Jean Vignal, le frère aîné de Benoît. Ils semblaient fort excités bien que fatigués par dix-huit heures consécutives de navigation. Partis de Granverger presque quarante heures après le capitaine Davard, ils étaient arrivés à Neubourg seulement trois heures après lui.

Les nouvelles qu'ils rapportaient étaient terribles. Luc entendit presque tout, même si Vignal et Latour furent priés de parler bas pour ne pas réveiller les enfants.

L'expédition de Carignan et du capitaine Latour était arrivée à Granverger trop tard pour prévenir le rapt de deux autres enfants. Cette nuit-là, pendant que se déroulait une terrible bataille, le baron Davard avait été tué dans des circonstances confuses.

Les Abénaquis et leurs alliés avaient subi de très lourdes pertes mais ils étaient revenus le surlendemain assiéger Granverger. D'autres tribus des nations Etchemin et Mic-Mac étaient de la partie, de sorte que les Français et leurs alliés montagnais avaient dû faire face à quelques centaines d'assaillants. Il y avait eu trois assauts et la bataille avait duré toute la journée.

Les Français avaient gagné, non sans subir des pertes cruelles, dont celle de deux paysans de Neubourg et de deux soldats de la garnison.

On craignait un retour offensif des Abénaquis; c'est pourquoi le capitaine Latour était revenu en hâte, avec l'intention de partir le lendemain dès l'aube pour Québec, afin de demander au gouverneur des renforts militaires. Latour craignait en effet que les Abénaquis n'entreprennent, dans les prochains jours ou dans les prochaines semaines, une campagne de représailles contre Granverger. Ou même une véritable guerre comme celle qui opposait les Iroquois aux gens de Ville-Marie.

Et le capitaine Davard, dans tout cela?

Il était arrivé à Granverger dans la matinée qui avait suivi la première bataille et avait enterré son père à quelque distance de la macabre clairière. Puis il était reparti. En passant par le hameau il avait prévenu les paysans qu'il reviendrait dans deux mois avec des ouvriers et qu'il commencerait la construction d'un grand manoir où vivraient les barons Davard pour les siècles à venir.

Sur le plancher de sa mansarde, Luc se retourna sur le dos et médita, les yeux grands ouverts dans le noir. Ainsi le sorcier Davard avait payé de sa vie les atrocités qu'il avait commises. Son châtiment mettait un terme à la menace qu'il avait fait planer sur Neubourg et Granverger. Ce serait un motif d'inquiétude de moins pour Luc et ses proches. Mais même si cette affaire était terminée, il y en avait une autre en cours, celle du trésor, et c'était celle-là qui intéressait le plus Luc et Benoît.

10

Deux émeraudes

Tôt le lendemain matin, le *Scorpion* mettait les voiles vers Québec. Davard allait annoncer la mort de son père et donner sa version des événements. Il entendait aussi faire valoir ses droits au titre et aux terres du baron. Riche, nanti du prestige d'un capitaine de vaisseau, il exercerait toute son influence pour restreindre la portée des événements de Granverger, sinon pour étouffer l'affaire.

À la fin de la journée, le capitaine Latour arriva à Québec avec deux soldats. Davard avait déjà eu le temps de distribuer ses largesses et de se gagner la sympathie des autorités. Latour trouva tout le monde prévenu contre lui. On lui reprocha même d'avoir donné son appui à des censitaires révoltés contre leur seigneur.

Il eut grand-peine à rétablir les faits. Certaines gens le soupçonnèrent de calomnier le défunt baron pour atténuer l'arbitraire de ses actes. On ne lui accorda que douze hommes de renfort pour assurer la sécurité de Granverger. Encore lui reprocha-t-on d'avoir amené la colonie au bord d'une autre guerre indienne, contre des tribus qui jusque-là n'étaient pas ennemies des Français.

Lorsque Latour repartit vers Neubourg, le surlendemain, il dut s'avouer que le capitaine Davard était un puissant adversaire.

* * *

Luc et Benoît ne surent pas grand-chose de ces affaires. Ce qui les intéressait, c'était que le *Scorpion* ne mouillait plus en face de l'Anse-au-Breton. Restait à savoir si le capitaine Davard avait encore laissé une sentinelle près de la grotte.

Luc s'échappa un matin pour aller vérifier tout cela. Il en revint fort déçu en plus d'avoir failli être pris. Sans doute alarmé par le fait qu'un gamin du village était venu fureter devant la grotte pendant qu'il était à Granverger, Davard avait confié à deux matelots, cette fois, la garde de son butin. Ils surprirent Luc sur la grève et le questionnèrent longuement sur les motifs de sa présence. Hasold vit bien que Luc n'était pas le jeune intrus de l'autre fois et ils le laissèrent partir.

Donc, l'accès à la grotte était encore interdit. Et tant que Benoît serait alité, il n'était pas question que Luc descendît seul par l'aven. Mais la convalescence de Benoît était longue. On lui permettait maintenant d'aller s'asseoir à l'extérieur lorsqu'il faisait soleil; néanmoins on lui interdisait tout exercice, de peur que la moindre fatigue n'entraînât une rechute.

C'est ainsi que le capitaine Davard revint au village, moins d'une semaine après son départ, sans que les deux garçons aient pu entreprendre quoi que ce soit.

Mais il ne resta pas longtemps; il passa seulement la nuit à son manoir. Il était accompagné d'un officier de Québec chargé d'enquêter sur les événements de Granverger, d'un civil qui devait lui servir de greffier et d'un religieux qui allait examiner les accusations de sorcellerie dans cette affaire. En compagnie d'Ononto qui allait servir d'interprète auprès des Abénaquis, tout ce beau monde repartit le lendemain pour Granverger à bord du *Scorpion*.

À nouveau Luc et Benoît auraient eu le champ libre pour descendre à la caverne. Toutefois il fallut encore une semaine avant que Benoît ne fût parfaitement rétabli. Au total sa maladie avait duré trois semaines, mais il s'estimait chanceux d'être encore en vie, à une époque où près de la moitié des enfants mouraient avant d'avoir atteint l'âge adulte.

Les hommes de Neubourg étaient revenus au village au début de juillet, maintenant que la sécurité de Granverger était assurée par les militaires envoyés de Québec. Les paysans s'étaient tous remis aux travaux des champs, trimant doublement pour rattraper le temps perdu dans cette sombre affaire. Luc voyait mal comment il pourrait échapper à ses tâches afin d'aller à la caverne avec Benoît. Tant pis: il filerait sans demander d'autorisation, l'occasion était trop importante pour qu'il la sacrifiât au profit des blés et des porcs.

Mais le jour où Benoît fut définitivement rétabli, la pluie se mit de la partie. Elle dura plus d'une semaine, pratiquement sans interruption. Or là-haut sur le plateau, dans la forêt, l'aven débouchait au fond d'une dépression naturelle en forme d'entonnoir. Luc et Benoît se souvenaient combien était devenue périlleuse leur première descente lorsque l'eau de pluie s'était mise à ruisseler dans l'aven. Il n'était donc pas question d'y retourner par temps pluvieux. D'ailleurs, après avoir failli perdre son fils, madame Vignal l'aurait attaché à son lit plutôt que de le laisser courir sous la pluie.

Les jours s'étirèrent, mornes, tandis que Luc et Benoît rongeaient leur frein. Tout ce qu'ils pouvaient faire, dans leurs rares moments libres, c'était d'astiquer leurs doublons en songeant au trésor entassé dans la caverne. Leur convoitise était modeste: ils se contenteraient de partager un sac. Sur plusieurs dizaines de sacs empilés là, la disparition d'un seul passerait inaperçue, à moins que Davard les eût soigneusement comptés; et encore il croirait peut-être à une erreur.

Mais même le peu qu'ils convoitaient, le sort s'acharnait à les en priver. Bientôt le corsaire allait revenir de Granverger, lorsque l'enquête sur la mort de son père serait achevée. À nouveau Luc et Benoît seraient empêchés de descendre dans la caverne, car jamais ils n'oseraient le faire en sachant le propriétaire du trésor dans les parages.

Davard revint en effet, moins de deux semaines après être parti avec les enquêteurs. Le lendemain de leur arrivée ceux-ci tinrent une audience au fort de Neubourg pour interroger des témoins sur les événements de Granverger. Ils entendirent tous les volontaires qui y étaient allés, ainsi que le capitaine Latour et quelques soldats.

Le jour suivant, les enquêteurs repartirent pour Québec, voyageant toujours à bord du *Scorpion,* que le capitaine Davard mettait gracieusement à leur disposition. Les autorités ne trouvèrent aucun motif pour priver le capitaine Davard des terres et des titres de son père, puisqu'il n'avait pris aucune part à ses crimes.

Ce qui importait pour les deux garçons, c'était que le temps pressait s'ils voulaient prélever leur part du trésor à l'insu du propriétaire.

— C'est maintenant ou jamais, insista Benoît. Le *Scorpion* a levé l'ancre ce matin, il est parti reconduire chez eux ces messieurs de Québec.

Le garçon était venu rejoindre son ami Luc aux champs et s'efforçait de le convaincre qu'il fallait agir sans plus tarder.

— Personne ne sait, disait-il, combien de temps Davard restera là-bas. Sans doute ce ne sera pas long car Natsic m'a dit...

— Natsic est revenu?

— Avant-hier, avec le *Scorpion.* Il m'a dit que les hommes de l'équipage avaient hâte de quitter le pays. Ils sont las de naviguer sur des rivières et de perdre leur temps à attendre des passagers.

Luc regarda le ciel; le soleil était au zénith.

C'était l'heure de dîner; la journée était trop avancée pour entreprendre l'expédition.

— Cette nuit nous irons, décida-t-il. Nous quitterons le village avant l'aube.

Ils se sourirent, tous deux contents de passer enfin à l'action. Mais il y avait de la nervosité dans leur sourire car ils avaient toujours la crainte d'être maltraités, sinon carrément supprimés, si par malheur le corsaire les prenait la main dans ses sacs d'or.

* * *

La nuit pâlissait un peu à l'est lorsque Luc et Benoît s'engagèrent sur le chemin qui montait en pente douce vers le sommet du plateau; mais le soleil n'allait se lever que dans une heure. Il régnait dans la forêt ce silence qui est exclusif à la dernière heure de la nuit: la vie nocturne s'apaise, l'obscurité elle-même se détend, se relâche un peu, cède doucement à une pénombre qui n'est pas encore la lueur de l'aube. Parfois à cette heure flotte une brume ténue qui contribue à l'impression de calme en étouffant les rares sons.

La forêt était encore ténébreuse lorsque les deux garçons arrivèrent sur le plateau, mais pas assez sombre pour qu'on ne puisse y avancer sans lumière lorsque les yeux étaient habitués.

À un certain moment, alors qu'ils avaient laissé depuis quelque temps le chemin menant au manoir seigneurial, Luc fit signe à Benoît

146

de s'arrêter et de tendre l'oreille. Immobiles, le regard fixe, ils prêtèrent attention au silence de l'aube. Ils entendirent ce que Luc avait cru percevoir une première fois. Cela venait de leur gauche, à peu près en direction du manoir seigneurial. On aurait dit plusieurs voix masculines qui chantonnaient au loin. Si loin que ce n'était qu'un murmure. Le chant allait en décroissant et bientôt ils n'entendirent plus rien.

Quels esprits erraient dans la forêt en fredonnant ainsi? Ou était-ce le chant de la forêt elle-même? Car telle avait été l'impression de Luc et de Benoît. Cet air à la fois gai et nostalgique, il était si ténu, si irréel, qu'il leur avait paru d'origine surnaturelle.

Après un moment d'hésitation, de crainte émerveillée, les deux amis se remirent en marche. Mais leur pas se fit plus discret et leurs oreilles restèrent aux aguets, comme s'ils craignaient de déranger ces esprits de la forêt ou comme s'ils espéraient surprendre à nouveau leur chant.

* * *

— Tu y arrives?
— Eh non! Je suis coincé!
Presque un mois avait passé depuis que les garçons étaient descendus pour assister à l'entreposage du trésor. Luc avait maintenant l'impression que le passage était encore plus étroit que la dernière fois.

— Rentre ton ventre et pousse! s'impatienta Benoît. Pousse donc!

— Je pousse, je pousse! rétorqua l'aîné. Ça y est, je passe!

Chacun portant une lanterne, ils se retrouvèrent sur la terrasse naturelle où les sacs avaient été entreposés. «Avaient été», car ils n'y étaient plus.

— Ils sont venus les chercher! murmura Luc, consterné.

Benoît, encore plus atterré, ne trouvait rien à dire. Il s'assit — s'effondra, plutôt — sur une roche. Il posa ses coudes sur ses genoux, son menton sur ses paumes, et contempla gravement la caverne, les yeux mouillés.

Ainsi, toutes les espérances de Luc et de Benoît avaient été vaines. Ils avaient attendu, patienté, s'étaient inquiétés, avaient même risqué leur vie au moins une fois chacun, dans l'espoir de gagner ne fût-ce qu'une modeste partie du butin. Et voilà qu'il s'envolait, pratiquement sous leur nez, car une odeur de fumée indiquait que des flambeaux avaient brûlé ici peu de temps auparavant; or l'espace était si vaste qu'une senteur ne pouvait y stagner bien longtemps.

La marée avait été haute tout récemment et le niveau de l'eau était encore proche de la terrasse naturelle. Surmontant un peu son découragement, Luc s'avança jusqu'au bord et, se penchant le plus possible, il regarda en direction de l'autre versant. Il eut la confirmation qu'il était venu chercher. Là-haut, la sortie de la caverne apparaissait comme une tache éblouissante: manifestement l'arbuste et les broussailles plantés là pour masquer le trou avaient été arrachés. Sûrement cette nuit car, encore la veille, Benoît était allé à l'Anse-au-Breton pour vérifier la présence des deux sentinelles et, de loin, il avait vu que tout était inchangé.

Luc se souvint du chant lointain que lui et Benoît avaient entendu dans la forêt, à l'aube. Cela leur avait paru venir du manoir. Pouvait-il s'agir des marins du *Scorpion* qui, ayant fini de transporter le butin à la maison de Davard, s'en retournaient en fredonnant vers l'Anse-au-Breton?

Benoît n'avait toujours pas bougé et Luc vit que ses joues étaient mouillées. Luc se mit à inspecter le sol de la terrasse, comme si en regardant mieux il allait faire réapparaître les sacs disparus. Peine perdue: tout avait été enlevé soigneusement. Sûrement Davard avait entendu parler des deux garçons qui étaient venus fureter à l'Anse-au-Breton, jusque devant l'entrée de la grotte. Il avait dû se dire que la cachette n'était pas assez sûre. Il ne pouvait laisser des sentinelles sur la grève sans qu'à la longue les gens de Neubourg en fussent intrigués. Il avait donc fait transporter son butin ailleurs. Où? Dans les caves de son manoir sur le plateau qui dominait Neubourg? Peut-être un jour l'emporterait-il même à Granverger si, comme il l'avait annoncé, il y faisait construire un grand manoir.

Cela n'avait plus guère d'importance pour Luc et Benoît. La nouvelle cachette, sûrement, était plus inaccessible que l'ancienne, et ils n'auraient plus jamais la chance de poser même un regard sur l'or de Davard.

Soudain, Luc bondit: il avait aperçu un reflet vert sur le sol. Il se précipita comme s'il craignait que cet ultime espoir ne s'évanouisse sous ses yeux.

— Viens voir! cria-t-il.

Cet appel enthousiaste secoua Benoît. Il rejoignit son ami. Dans une fissure du roc gisaient deux émeraudes brutes, grosses comme des pois, tombées peut-être d'un sac mal fermé. Luc se demanda comment elles avaient pu échapper aux corsaires. Peut-être ceux-ci n'avaient-ils plus beaucoup de lumière vers la fin de leur travail de déménagement. Peut-être aussi avaient-ils été pressés par la marée, car on était à l'époque des « grand-mers » et le flux devait monter jusqu'à la terrasse.

Toujours est-il que deux émeraudes étaient restées là, pour confirmer à Luc et Benoît qu'ils n'avaient pas rêvé, qu'il y avait bien eu dans cette caverne le butin fabuleux d'un galion espagnol.

* * *

— Ce capitaine, il est intrigant, confia Natsic à ses deux amis lorsqu'il les rejoignit au village.

— Comment cela? demanda Luc.

— Ce matin il arrive à Neubourg, mais hier soir j'ai vu son navire dans l'Anse-au-Breton. Et durant la nuit il y a eu des lumières autour de sa maison, en haut de la falaise.

Voilà qu'étaient confirmées les suppositions de Luc et Benoît: comme l'autre nuit un mois auparavant, Davard était venu avec son équipage procéder au transport du butin. Et au matin il avait fait son arrivée officielle devant Neubourg, bien qu'il fût dans les parages depuis la veille.

En revenant au village ce matin, déconfits mais quand même consolés par la découverte des émeraudes, Luc et Benoît avaient vu le *Scorpion* qui jetait l'ancre en face de Neubourg. Quelques villageois s'étaient rassemblés sur la berge pour assister à l'arrivée du nouveau baron de Neubourg et de Granverger. Les deux garçons avaient profité de cette diversion pour remettre à leur place corde et lanternes sans que leurs parents ne s'en aperçoivent. En effet, comme la plupart des villageois, les Vignal et les Bertin étaient sortis pour observer l'arrivée de Davard.

Il avait débarqué en grande tenue, pourpoint vert, tricorne à panache, bottes vernies et sabre. Les matelots avaient posé sur la grève quelques gros coffres contenant ses affaires personnelles. Trévignon et Davard s'étaient longuement étreints sous les regards attendris des autres corsaires. Malgré son visage chafouin et son air pas toujours honnête, Trévignon était un homme loyal dans ses allégeances et ses amitiés. Il avait servi Davard fidèlement parce qu'il l'estimait en tant que chef. Il lui avait voué une amitié constante parce qu'il le respectait en tant qu'homme. Bien qu'il eût hâte de reprendre la mer sur ce navire qui était enfin à lui, Trévignon aurait souhaité différer le moment de la séparation. Mais ce départ n'avait été que trop retardé et, de toute façon, il était inévitable. Davard avait choisi de donner à sa vie une nouvelle orientation, après en avoir attendu l'occasion durant des années. Un quart de siècle passé à bourlinguer sur l'Atlantique lui avait donné droit au repos.

Trévignon, lui, entendait continuer. Il n'avait pas quarante ans, sa vie était encore du côté de la mer, peut-être jusqu'à ce qu'il fasse fortune à son tour... si Dieu lui prêtait vie. Car c'était un métier dangereux que celui de corsaire, un métier rude où il fallait se montrer implacable, tant devant l'adversaire que devant son propre équipage. Mais il l'aimait, cette existence. Il lui fallait la mer pour pouvoir respirer librement; sur terre il étouffait. Il n'était à l'aise que lorsque le pont du navire tanguait sous ses pieds.

Dans le canot qui le ramenait au *Scorpion*, Trévignon adressa un geste d'adieu à celui qui resterait toujours son capitaine.

Davard était resté sur la grève, à contempler ce navire qu'il avait commandé pendant quatorze ans. Bien des souvenirs y étaient attachés, certains glorieux, d'autres tragiques. C'était une tout autre vie qui commençait maintenant pour ce vieux loup de mer qui n'avait en somme que quarante-trois ans: l'existence tranquille d'un riche propriétaire terrien.

Tout Neubourg sursauta lorsque éclata le premier coup de canon. Un petit nuage de fumée fleurit au flanc du navire. En salve, chaque pièce du trois-mâts tira un coup à blanc. Les détonations, se répercutant sur la falaise, roulèrent comme un interminable grondement de tonnerre. La fumée forma un véritable panache autour des voiles du *Scorpion*.

C'était l'ultime salut de l'équipage à son capitaine. Puis l'ancre fut levée et le *Scorpion* vira lentement de cap. Ses voiles n'avaient pas été carguées durant cette brève escale et on le vit gagner le fleuve, majestueusement, toute sa voile gonflée par un bon vent.

Des aventures que connut le *Scorpion* après cela, les gens de Neubourg ne surent jamais rien et il n'entre pas dans notre propos d'en parler.

Davard contempla le navire jusqu'à ce qu'il ne soit plus visible. Puis il se retourna vers les quelques villageois rassemblés près de la grève.

— Y a-t-il quelqu'un au village qui possède une charrette? demanda-t-il.

Les paysans étaient encore hostiles à leur nouveau seigneur. D'abord parce qu'il était le fils du sorcier; surtout parce qu'on n'avait pas oublié comment il avait emmené de force le jeune Bertin. C'est donc avec réticence qu'on lui répondit que la veuve Louvigné en possédait une.

Davard laissa ses malles sur la grève, assuré que nul ne se permettrait d'y toucher. Il se dirigea vers chez la veuve Louvigné, dans l'intention de lui louer sa charrette.

Luc et Benoît étaient sur le bord du chemin. Non sans bougonner, leurs parents avaient accepté l'explication qu'ils avaient donnée de leur absence matinale. Ils avaient prétendu être allés faire le tour des collets qu'ils avaient posés afin de prendre des lièvres.

Davard, marchant posément, prenait le temps de dévisager chacun de ses censitaires. Son expression avait changé depuis ce soir où, trois semaines plus tôt, il était arrivé à Neubourg, seul, sombre et hargneux. Aujourd'hui il paraissait plus serein, quoique aussi fier que d'habitude.

Lorsque ses regards se posèrent sur eux, Luc et Benoît frémirent. Il leur sembla que l'homme lisait à même leur esprit, devinant qu'ils avaient découvert la première cachette de son butin. Il eut un bref regard vers la veste de Luc, où manquait un bouton. Une ombre de sourire parut sur son visage; il leur fit un clin d'œil complice et narquois à la fois, le plus furtif des clins d'œil. Se pouvait-il que...?

Déjà Davard les avait dépassés, poursuivant son chemin. Luc et Benoît se regardèrent, confondus. Se pouvait-il que Davard sût qu'ils étaient descendus dans la caverne? Les hommes qu'il avait laissés de garde près de la grotte avaient dû lui décrire les deux gamins qu'ils avaient vus rôdant à l'anse. Le capitaine, sachant que Luc était l'un d'eux, avait sans doute identifié Benoît comme étant le second: il les avait vus ensemble lors de sa première arrivée à Neubourg. S'il était revenu voir son trésor à son retour de Granverger, s'il avait à nouveau inspecté la caverne, il avait pu trouver le bouton d'étain que Luc avait perdu à l'endroit où la faille se rétrécissait. De là à deviner qu'ils

154

avaient vu le trésor lui-même en plus d'avoir découvert la caverne... Sûrement Davard avait eu ce soupçon, puisqu'il avait jugé nécessaire de déménager le butin.

Luc en fut certain, à en juger par l'expression de Davard lorsqu'il les avait dévisagés. Luc allait même plus loin: il soupçonnait que, après leur avoir joué le vilain tour que l'on sait, le corsaire avait *délibérément* laissé deux émeraudes sur le sol de la caverne. En guise de consolation, maintenant qu'il avait mis le butin hors de leur portée.

Luc fit part de sa supposition à Benoît. Ce dernier admit que c'était possible. Cela aurait expliqué en tous cas, le clin d'œil complice et le sourire narquois que Davard avait semblé leur adresser.

Mais peut-être les deux garçons imaginaient-ils tout cela. En tout cas ils ne sauraient jamais à quoi s'en tenir à ce sujet, à moins d'aller en parler ouvertement à Davard, et ils n'y songeaient certes pas.

Les deux amis ne gardaient, en souvenir de cette aventure, que deux émeraudes non taillées et les pièces d'or raflées un mois plus tôt par Luc.

C'était mieux que rien.

Table des matières

Collection

Jeunesse — pop

Achevé de réimprimer au 2ᵉ trimestre 1989
sur les presses de l'Imprimerie des Éditions Paulines
Sherbrooke, QC, J1E 2B9

Imprimé au Canada — Printed in Canada

X0194680 1